신중년 요즘 세상

신중년 요즘 세상

오은주
스펙트럼 칼럼

개미

　인생의 중간역에 내리면 지나온 길이 저만치 보이고, 다시 기차를 타고 가야 할 철로가 시야에 멀리 들어온다.

　사람의 평생 중 중년이란 어떤 질감을 가진 시간일까? 필자가 중년의 나이가 되면서 스스로에게 했던 질문이다. 많은 시간을 살아온 것도 같은데, 주변의 90세 이상 장수자들을 보면 앞으로 살아가야 할 시간도 많은 중간역과 같아서 어떤 색깔을 가지는지 조망해 보고 싶었다.

　신중년의 사전적 정의는 "신중년은 과거의 중년들과 달리 향상된 교육수준과 경제력을 갖추고 있어, 자기자신을 가꾸고 젊게 생활하는 중년"이다. 필자 주변을 둘러봐도 변화의 파고가 높았는데, 마침 신중년이 겪는 일상의 여러 가지 현상과 전망을 칼럼으로 쓸 수 있는 기회가 주어졌다.

여기 실린 칼럼들은 지난 3년여 동안 〈신중년 요즘 세상〉이란 제목으로 두 가지 매체에 연재됐는데 일단은 인터넷 신문인 〈이모작뉴스〉에 싣고, 다음에는 1달에 1번 발행하는 종이신문 〈투데이신문〉에 게재가 되었다. 인터넷 신문이란 매체의 특성과 소설가가 쓰는 칼럼이라는 특징을 살려서 3인칭 객관적 시점을 도입했다.

통상의 칼럼은 주제를 가지고 1인칭으로 서술하지만 미니픽션 혹은 콩트적인 전개를 하는 게 편하게 읽히는 장점이 있어서, 매회마다 주인공을 설정하는 소설적 기법을 사용했다. 신중년 남녀들이 일상에서 흔히 겪는 일들을 재구성하면서 그 속에 깃든 보편성과 사회적인 관점을 슬며시 펼쳐내 보이고자 했다. 펼쳐내 보임에서 모두가 절대적 주인공인 개인의 삶을 재해석해 보고 개인의 삶은 결국 사회의 큰 흐름과 무관할 수 없음을 전달하려고 했다.

언제나 무궁한 소재를 제공해주는 필자 주변의 지인들이 바로 자신의 이야기라고 읽어주면 감사의 작은 보답이 되겠다. 삶이 펄떡펄떡 뛰는 중년의 보통 여인네와 남정네들의 이야기는 나이만큼 웅숭깊으면서도 묘하게 신선하다. 살아온 시간이 준 삶의 지혜와 걸어가고 있는 삶의 희망이 아직은 공존하는 중년의 삶이기에 경험치는 두터웠고 절실한 할 말은 누구에게 나 넘쳐났다.

그 말들을 정리한 이 칼럼집을 읽으며 신중년인 누군가 혼자 만의 경험이 아니었음을 상기하는데 도움이 된다면, 빙그레 웃 으면서 고개를 끄덕이며 이 글을 읽는다면, 젊은 시절의 시리 거나 아름다운 기억이 가슴속에 한 줄기 온기로 스며온다면, 이 칼럼집은 그 소명을 완성한 것이다.

지난 3년간 〈이모작뉴스〉와 〈투데이신문〉에 졸고를 게재해 준 투데이신문사에 큰 고마움을 전한다.

2022년 초가을에
오은주

차례

추억 속에 깃든 힘

직업 이야기

변화하는 가정과 가족

새로운 세상살이

몸과 마음

추억 속에 깃든 힘

달걀 프라이 두 개

오늘 아침에도 박 여사는 남편의
밥상에 달걀 프라이 두 개를 곁들
여 놓았다. 전기용품 가게를 운영하는 터라 김 사장이라 불리
는 남편의 아침 밥상에는 온갖 반찬이 다 있어도 언제나 자못
고전적인 달걀 프라이 두 개를 꼭 올려야 한다. 남편이 달걀 프
라이 두 개를 아침마다 먹기 시작한 건 20년 전부터였다.

20년 전, 결혼한 지 15년 만에 알뜰살뜰과 천신만고를 합친
노력으로 박 여사와 남편은 처음 아파트를 장만했다. 그 당시

는 서울 변두리인 마포였지만 번듯한 아파트를 장만해서 흥분과 기쁨 속에 두 아이들과 이사를 했다. 세상을 다 얻은 듯한 마음으로 이삿짐 정리를 끝낸 바로 다음날 아침이었다. 남편은 박 여사에게 나직한 음성으로 그러나 절실하게 부탁을 했다.

"오늘부터는 내가 아침밥을 먹을 때마다 반찬으로 달걀 프라이 두 개를 꼭 해줘."

이제 내 집도 장만했고 전기용품 가게도 꾸준히 장사가 잘되는 편이라 반찬값 걱정은 하지 않아도 되는데 고작 달걀 프라이 두 개를 해달라니 왜 그럴까 하고 박 여사는 의아했다. 그날 아침 남편은 조금 떨리는 듯한 손길로 달걀 프라이를 집더니 음미하듯 천천히 먹었다. 그리고는 무슨 감정이나 표정을 감추려는 듯 재빨리 출근을 해버렸다.

박 여사는 일주일 넘게 남편의 부탁대로 아침마다 달걀 프라이 두 개를 해주면서 표정을 살폈다. 필시 달걀 프라이에 얽힌 무슨 사연이 있는 것 같았다. 열흘 정도가 지나자 드디어 남편이 그 이유를 말했다.

"어렸을 때 달걀 프라이가 너무 먹고 싶었어. 당신도 잘 알다시피 어릴 때 우리집은 경제적으로 넉넉하지가 못했지. 내가 어렸을 때 달걀은 큰형이나, 아버지, 할아버지만 가끔 먹는 귀한 반찬이었어. 나는 그 어른들이 먹고 난 뒤, 조금 터진 달걀 노른자가 붙어 있는 빈 접시를 보며 나에게 달걀을 주지 않는 엄마보다는 그런 집안 형편이 못내 원망스러웠지. 그렇지만 부엌 찬장 위에 숨겨지듯 올려져 있는 달걀 꾸러미에 몰래 손을 대거나 하지는 않았어. 나는 내가 이다음에 돈을 벌고 내 집을 장만하게 되면, 내 능력으로 산 내 집에서 내가 번 돈으로 달걀 프라이를 날마다 실컷 먹겠다고 다짐했어."

그 순간 박 여사는 눈물을 찔끔 흘렸다. 지금까지 같이 살면서 가난한 어린 시절에 대한 이야기를 자주 들어서 익히 알고 있다고 생각했는데 달걀에 얽힌 감정은 처음 들었기 때문이었다. 가난 속에 컸으나 자신의 힘으로 공부하고 치열한 서울에서 버텨내며 마침내 가난에서 벗어난 남편이 새삼 대단해 보였다. 달걀에 대한 열망이 남편을 이끌어 온 원동력의 일부라니 참 애처롭기도 했다.

이제 비록 머리칼도 듬성듬성해지고 다리도 가늘어져 버린 60살이 넘은 남편이지만 그가 걸어온 지난 시간들은 숙연함을 줄 만큼 절실한 그 무엇임에 틀림없었다. 그런 남편에게 달걀 프라이는 그야말로 영혼을 치료하고 위무하는 '소울 푸드'가 아니겠는가! 이제부터라도 남편은 상처없고 풍요로운 시간을 살아갈 자격이 충분하다고 생각했다.

　박 여사는 다음날부터 가장 비싼 유기농 달걀을 사서 더욱 정성스레 달걀 프라이를 해서 아침마다 남편의 밥상에 올리게 되었다. 적당한 기름과 약간의 소금을 뿌려서 노른자가 터지지 않도록 아주 맛있게 구워 가장 예쁜 접시에 담아서 말이다. 행복과 성취의 작은 상징적 결과물인 두 개의 달걀 프라이를 김 사장은 날마다 맛있게 음미했다.

시장에 가서

일산에 사는 중식 씨는 요즘 들어 토요일이 돌아오는 게 자못 즐거웠다. 60대 중반이지만 중소건설업체에서 아직은 현장과 책상을 오가며 일을 하는 터라 주말에만 시간이 나기도 했다.

"오늘은 어느 장터로 가요?"

하고 묻는 아내의 말에 중식 씨는

"오늘은 마침 일산 오일장이라 우리집에서 그리 멀지도 않네. 왜 뭐 사다 줄까?"

라고 답하며 등산 모자를 썼다. 아내는 빙긋 웃으며 손사레를 쳤다.

"친구랑 맛있는 거나 많이 먹고 와요. 당신이 저번에 사온 꽈배기도 집에 가져 오니까 굳어지고 맛이 없더라구요."

마포 쪽에 사는 죽마고우 민수 씨와는 일산역에서 만나 같이 걸어가기로 했다. 중식 씨는 장에 갈 때 등산복 차림에 등산화를 신는데 그게 장을 돌아다닐 때 편하고 멋적지 않아서 좋았다. 중식 씨가 친구 민수 씨와 주말마다 전국의 장터를 찾아다닌 지 거의 2년이 다 되어갔다. 돈이 별로 안 들고도 정신건강에 좋은 운동을 찾다보니 자연 등산은 기본으로 하게 되었고, 주말 이틀 가운데 하루는 지하철로 버스로 열차로 전국의 장터를 찾아 다니는 중이다.

11시쯤 일산역에 도착하니 민수 씨가 빙그레 웃으며 손을 흔들었다. 민수 씨의 검고 주름진 얼굴에서 중식 씨는 고달프게 살았지만 이제는 살 만해진 친구의 인생을 잠시 떠올렸고, 동갑인 자신의 나이를 읽었다. 우리는 이 나이에도 얼굴이 하얗고 기름진 남자들은 되지 못했지만 친구야! 우리는 참 열심히 살았구나 건강하니까 됐어. 가슴에 이런 울컥함이 가득했다.

장터 입구에 들어서자 붉고 푸른 파라솔과 차양들이 벌써 중식 씨의 마음을 들뜨게 했다. 굵은 허리통만큼 생활력도 굵은 아주머니 상인들과 수십 년 전부터 저 자리에 앉아 나물을 다듬고 팔았을, 등이 굽은 할머니들의 애잔한 모습은 장터의 영원한 그림이다. 시루에 키운 콩나물과 갖가지 푸성귀, 생선과 과일이 풍성한 좌판들과 고향의 맛과 추억의 맛이란 간판을 내세운 가게들이 즐비했다. 왠지 모를 활기가 몸에 들어오며 숨이 힘차게 쉬어졌다.

중식 씨는 이름도 재래시장인지 전통시장인지로 불리우는 전국 곳곳의 시장에 갈 때마다 어린 시절의 시장 풍경과 별다름이 없다는 것에 위로를 받았다. 어린 시절에는 엄마의 치마꼬리에 붙어서 먹고 싶어서 침을 꼴깍 삼키기만 했던 주전부리들을 이제는 마음껏 사 먹을 수 있어서 얼마나 자신이 뿌듯한지 몰랐다.

내가 번 돈으로 내가 먹고 싶은 음식을 사 먹을 수 있는 자유를 위해 여기까지 달려왔다는 생각도 들었다. 꼭 필요한 반찬거리를 사고 나면 어린 아들의 간식거리를 사줄 돈이 없어서 달래기 바빴던 어머니, 지금 곁에 살아 계신다면 저 따뜻한 빈대떡을 사드릴 텐데…… 옆에 앉아서 장터의 빈대떡 한 장에 막걸리를 마시는 민수 씨의 어린 시절 형편도 별다를 바 없었다. 결혼해서 서울의 지하방에 살다가 일산과 마포의 여엿한 아파트로 오기까지 두 사람이 걸어온 길은 험했으되 목표가 있었고, 목표에 근접하는 나날들이었기에 힘들기만 한 것은 아니었다.

"민수야! 우리 완전히 은퇴하면 그때부터는 세계 각국의 시장을 돌아보는 여행을 하자."

"그거 멋진 계획이네!"

"민수야, 한 잔 해라!"

"중식아, 너도 한 잔 해라!"

서로를 바라보는 두 남자의 시선은 장터의 막걸리 몇 잔에 오늘도 기분 좋게 불콰해졌다.

어머니, 어머니

주말을 맞아 부모님 댁을 찾은 경찬 씨는 언제나 그렇듯 가라앉아 있는 집안 풍경에 마음이 무거워져 왔다. 경찬 씨 자신도 60대 초반으로 곧 공식적으로 지하철을 공짜로 탄다는 '지공거사'가 될 날을 목전에 두고 있는 적지 않은 나이였다. 굳이 자식에게 짐이 되기 싫다며 따로 살면서 90세 되신 아버지와 85세의 어머니가 꾸려가는 집안 풍경은 조용을 넘어 적막했다. 보거나 안 보거나 늘 켜져 있는 텔레비전 소리가 없다면 물속 같을지

신중년 요즘 세상

도 몰랐다.

다행히 어머니는 다리와 허리가 그리 아프지 않아 아직도 집 안 살림을 하지만 아버지는 노인성 기억력장애의 끝이라는 초기 치매 증상을 보이고 있었다. 폭력적이지 않고 대소변은 가리는 수준이라 아직 요양병원 등의 입소는 미루고 있는 상황이었다. 어머니밖에 알아보지 못하는 아버지와 하루 종일 같이 지내는 어머니는 인내심이 보살의 경지에 이른 듯 어린애 같은 아버지의 태도에도 한결같이 웃으며 응대를 하고 있었다.

비록 초기 치매 증상을 보이긴 하지만 경찬 씨는 아버지가 비교적 평화로운 말년을 보내고 있어서 감사한 마음이었다. 오늘은 결혼해서 이제 막 돌이 지난 아기를 키우고 있는 딸아이가 친정에 온 김에 할아버지 할머니를 찾아본다고 동행을 했다. 제법 잘 걷는지라 온 집안을 휘젓고 다니는 증손자에게서 사랑의 눈을 떼지 못하는 어머니와는 달리 아버지는 그저 웃기만 할 뿐 어떤 말도 어떤 감정 표현도 하지 못하는 상태였다.

혹시라도 아버지가 옛날 사진을 보면 무언가 반응이 있을까 싶어서 경찬 씨는 스마트폰에 저장해 놓은 옛날 사진들을 텔레비전 화면에 띄웠다. 요즘은 스마트폰 갤러리에 저장되어 있는 사진들을 텔레비전과 연결하면 볼 수 있는 시대가 아니던가!

경찬 씨는 얼마 전에 옛날 앨범 중에서 간직하고 싶은 사진들을 다시 스마트폰으로 찍어서 갤러리에 보관 중이었다.

경찬 씨가 어린 시절에 동생들과 함께 찍은 흑백사진, 어머니 아버지 두 분이 어딘가 여행을 가서 찍은 듯 멜빵바지를 입은 아버지와 양산을 쓴 젊은 어머니의 모습도 보였다. 어머니는 사진을 찍었을 당시의 상황을 거의 정확하게 기억하는 반면, 아버지는 그 어떤 사진이나 설명에도 알 듯 말 듯한 표정을 지을 뿐 반응을 하지 않았다. 경찬 씨는 아버지의 의식이 그 어떤 햇살도 닿을 수 없는 캄캄한 심해의 바닥에 박혀 있어서 기억의 한 자락도 이젠 끄집어낼 수가 없는 상태임을 절감하고 받아들일 수밖에 없었다.

경찬 씨가 그래도 어머니라도 보라고 계속 사진을 올리던 중, 경찬 씨의 할머니, 즉 아버지의 어머님이 한복을 곱게 입고 찍은 사진이 화면에 나타났다. 경찬 씨도 비녀를 꽂고 한복을 입은 할머니 모습을 본 적이 있었다. 그때 아버지의 입에서 한 단어가 흘러나왔다.

"어머니네……"

"어머니……"

모두 놀랐고, 소름이 쫙 올랐다. 아내와 자식들의 얼굴은 물론 자신의 모습조차 못 알아보던 아버지가 "어머니!"라는 말을 한 것이다. 자신의 얼굴조차 잊어버린 사람의 심연에 남아 있는 어머니란 도대체 어떤 존재인가!

경찬 씨는 사진 속의 사람들을 못 알아보는 지아비가 안타까워 옆에서 애타게 설명을 해주고 있던 어머니의 손을 지긋이 잡았다. 어머니가 시장에만 가도 언제 돌아오나 하고 문간에 서서 기다리던 아이였던 경찬 씨는 이제 어머니의 손을 그 시절처럼 놓지 않고 싶었다. 초보 엄마라 어미 노릇을 힘들어하고 있는 딸아이는 무엇을 느꼈는지 제 아들을 꼭 끌어안았다.

텃밭도 싫어요

영순 씨는 올해 초 남편을 졸랐다.

"여보, 양평 쪽에 여러 가구가 몇 이랑씩 텃밭 농사를 지을 수 있는 집단 텃밭이 있대요. 요즘 그런데 얻으려면 경쟁이 심해서 빨리 가서 신청해야 돼요. 올해 봄부터 채소를 심으려면 지금 현장 확인을 하고 두세 이랑 정도는 재배한다고 계약을 해야 돼요."

그런데도 공무원으로 퇴직한 남편 민국 씨는 영 심드렁했다.

"당신 정년퇴직하면 나랑 여행 다니고 텃밭 가꿀 시간이 난다는 기대에 남들이 싫다는 남편의 퇴직도 난 괜찮던데, 내 손으로 가꾼 싱싱한 상추쌈 먹을 생각하면 기분이 좋지 않아요?"

그런 영순 씨의 간절한 바람에 텃밭을 빌려서 올봄부터 농사를 시작했고, 철 맞춰 남들이 심는 푸성귀와 가지, 고추, 호박 등을 심고 신선한 수확물이 봄부터 가을까지 식탁에 오르곤 했다. 그런데도 지난봄부터 이제 배추 농사를 끝으로 올해 텃밭 농사를 마감하는 시간이 오도록 민국 씨는 그저 영순 씨가 원하는 날에 운전이나 착실히 해줄 뿐 전혀 달가워하지 않았다.

영순 씨는 의아하기 짝이 없었다. 중학교까지 농사를 짓는 시골집에서 다녔고, 고등학교는 그 근처 읍내에서 자취를 하고, 서울에서 대학을 나온 민국 씨가 농사 같지도 않은 텃밭 푸성귀 키우는 일을 몰라도 너무 모르고 관심도 없다니.

한 해 텃밭 농사 대장정의 끝인 배추는 날씨가 추워지기 전인 11월에는 뽑고 내년 봄을 기약하면서 땅을 갈아두어야 한다. 영순 씨는 정성과 기대를 저버리지 않고 튼실하게 잘 자라 준 20여 포기의 푸른 배추를 보자 자못 마음이 뿌듯했다. 그 배추로 담그는 올해 김장은 얼마나 맛있을까!

배추를 차의 뒤 트렁크에 가득히 싣고 집으로 돌아오는 길이었다. 민국 씨는 운전대에서 전방을 주시하며 영순 씨의 얼굴을 보지 않은 채 말했다.

"나 내년엔 저 텃밭 농사 짓기 싫은데……"

"왜요? 뭐가 힘들었어요? 당신 올해도 운전만 했지 일은 별로 하지도 않았는데."

"나 당신도 알다시피 저 남쪽 끝 시골 출신이잖아. 준비물 살 돈이 없어서 초등학교 문 앞에서 차마 들어가지 못하고 서있던 날도 있었어. 고등학교는 내가 중학교 때 산에 가서 나무를 져 와 판 돈을 근근이 모아서 읍내 고등학교로 혼자 간 거야. 그 시절 내 책상에 '시골 탈출'이라는 종이를 써 붙이고 악착같이 공부를 한 거야. 시골 탈출은 곧 가난 탈출을 말하는 거였지. 그래서 4년 동안 장학금을 준다는 대학에 다행히 갈 수가 있었어. 그리고 막연히 동경하던 공무원이 된 거야."

긴 결혼생활 동안 그 정도의 객관적인 사실은 영순 씨도 익히 알고 있었다. 그러나 그토록 아픔이 깊이 박혀 있을 줄은 미처 몰랐다.

"나 농사 짓기 싫어서 악착같이 공부한 사람이야. 난 농사 말고 넥타이 매고 책상에서 일하는 사람이 되려고 공부한 거야. 나보고 아무리 작은 땅이라도 농사 비슷한 거라도 지으라고 하지 마. 난 앞으로 아픈 기억이 없는 시간을 살고 싶어. 손바닥

만한 텃밭도 싫어. 어릴 때 내 옷에 배어있던 그 구리한 퇴비 냄새가 다시 훅 올라오는 것 같아."

영순 씨는 비장하게 들리는 민국 씨의 말을 들으며 살짝 눈물을 흘릴 뻔했다. 그러나 텃밭을 통해 서서히 민국 씨를 땅사랑으로 이끌어 마음의 감옥으로부터 진정한 탈출을 시키고야 말겠다는 의지도 타올랐다.

연탄

관호 씨와 친구 5명은 한 해의 마지막 모임을 종로의 한 연탄 구이 고깃집에서 갖기로 했다. 요즘 유행한다는 70년대 레트로 감성을 제대로 느낄 수 있는 장소가 아닌가. 가스불과 달리 천천히 타오르며 적당한 불맛을 주는 연탄 구이는 고기의 참맛을 주기에 맛으로도 찾을 만했고, 연탄을 주연료로 사용하던 어린 시절이 있었기에 추억과 호감도 남달랐다.

친구들이 하나 둘, 떠들썩한 연탄 구잇집으로 들어오는데 동식 씨가 입구에서 머뭇거리는 게 보였다. 처음에는 전화를 받나 했는데, 왠지 코트 주머니에 손을 찔러넣은 채 식당 안을 보기만 할 뿐 들어오질 않고 있었다. 관호 씨가 나가서 동식 씨를 보니 벌써 어디선가 전작이 있었는지 눈가가 불그레했다.

"다들 왔어. 안 들어오고 뭘 해. 1차로 한잔하고 와서 미안해서 그러냐?"

이렇게 말하면서 동식 씨의 팔을 잡았지만 억지로 끌려오는 듯 발걸음이 무거웠다. 돼지고기 모둠과 돼지껍데기까지 노릇하게 구워지고 있는데도 동식 씨는 여전히 젓가락을 대지 않았다. 친구들은 동식 씨가 어디선가 단단히 1차를 하고 온 모양이라고 생각하면서 "배 부르더라도 분위기 맞출 만큼은 먹어라"하면서 소주잔을 채워서 돌렸다.

그렇게 소주 한 잔을 마시던 동식 씨가 갑자기 눈물을 흘렸다. 그러더니 빈 잔을 하나 달래서 소주를 한가득 따라 식탁가에 놓아 두었다. 가끔 만나는 사이라 두루 별일이 없다는 걸 아는 친구들은 갑자기 무슨 불치병이라도 선고받은 줄 알았다. 동식 씨의 입에서는 전혀 예상치 못한 이야기가 나왔다.

"내 누이동생, 동자를 위해서 음복주 한 잔씩 마셔 줄래?"

"너한테 누이동생이 있었어?"

"있었지, 나 때문에 죽은 누이동생이 있어. 난 이 연탄이 싫어. 한동안 안 보이더니 요즘에 구이용으로 다시 각광을 받으면서 이런 식당 오게 되는데, 난 싫다."

그동안 친구들도 몰랐던 동식 씨 여동생의 죽음에 관한 이야기를 들었다. 집안의 장남인 동식 씨가 시골집을 떠나 도시의 고등학교에 입학하자, 집에서는 3살 아래로 그해 중학교에 입학한 여동생인 동자 씨와 함께 방을 얻어 자취를 시켰다. 어리지만 여자라는 이유로 동자 씨가 오빠의 밥을 하고 도시락을 싸며 학교를 다녔다.

"지금도, 그게 가장 후회스러워. 왜 어린 여동생에게 부엌살림을 시켰는지. 그냥 힘 닿는대로 서로 도와가며 자취를 했었으면 여동생이 훨씬 힘이 덜 들었을 텐데……바보같이 남자 꼬라지라고 부엌에 드나들지 않아서 아궁이가 갈라져 연탄가스가 새는 것도 몰랐으니 말이야. 여동생이랑 한 방에서 커튼을 쳐놓고 방을 나눠 썼거든. 동생이 죽던 그날 새벽에도 동생은 밤새 방이 따뜻해지라고 아궁이에서 연탄을 갈며 이미 가스를 많이 마신 것 같아. 같은 방을 썼으니 나도 방바닥으로 스민 연탄가스를 좀 마시긴 했는데 덩치가 커서 영향이 적은데다가 커튼을 친 동생 쪽 방바닥에 더 많이 틈이 있었어. 시골집을 떠나올 때 이젠 장작으로 불을 안 때서 좋다고 깡총거리던 모습이 선한데 그리 허무하게 가버렸어…… 그 여동생이 살았으면 올해 환갑인데…… 아궁이는 볼 수도 없는 중앙난방 아파트에서 냄새 없는 전기레인지로 밥해 먹으며 사는 세상 누리며 살 텐데……"

　동식 씨의 숨죽인 오열에 친구들은 가슴이 먹먹했다. 모두들 자고 나면 신문에 연탄가스 사망자 뉴스가 나오고, 동치미 국물을 마시고 살아났다는 일화를 들으며 살았던 세대들이었다. 누가 먼저랄 것도 없이 친구의 죽은 누이를 위해서 맑은 소주 한 잔씩을 음복했다.

연탄2

윤자 씨네 집에 86세의 시어머니가 오셨다. 겨울이 되자 추운 시골 집에 계시는 것보다 따뜻한 아파트가 지내기 낫다며 아들, 즉 윤자 씨의 남편이 모시고 왔다. 60살이 넘자 윤자 씨도 이젠 그 불편하던 시어머니가 임의롭고, 그냥 자신보다 나이가 많아서 노환으로 몸이 불편한 여인, 그래서 돌봐주어야 할 대상으로 여겼다.

자동차 부품 제조업을 하면서 제법 사업을 잘 꾸려가는 남편

덕에 윤자 씨는 돈 걱정을 크게 하지 않고 살아도 되는 요즘이 좋았다. 큰딸이 결혼을 해서 마침 빈방도 있는 터라 시어머니가 한겨울 동안 와 계신다고 해도 그리 불편할 것 같진 않았다.

그런데 어제 도착한 시어머니가 자꾸 윤자 씨 눈치를 보더니 할 말이 있다고 했다.

"애미야, 내가 너한테 사과할 일이 있어. 이렇게 추운 겨울이 되고 아랫목이 필요없는 따뜻한 아파트에 와보니까 새삼 생각이 난단다. 전에도 생각난 적이 있었는데 그때도 얘기를 못하고 지나왔어."

윤자 씨는 새삼 사과라는 어려운 말까지 써가며 시어머니가 어렵사리 운을 떼야 할 무슨 큰일이 있었나 싶었다.

"너랑 애비랑 사업 한 번 부도나고 시골집에 와 있은 적 있잖니?"

그랬었다. 벌써 20여 년 전 추운 겨울이었다. 보따리를 싸들고 초라한 시골집에 도착했을 때 그 허허로운 심정은 잎새가 다 떨어져나간 겨울나무 가지처럼 스산했다.

"그때 네가 우리집 초겨울 배추밭 다 정리해서 걷어들여 김장도 했었지. 아무리 부모님 집이라도 군식구로 있는 게 미안하다고 맨날 밭일에다 집안일까지 했었지. 이맘때쯤 네가 마당에서 김장을 하고 꽁꽁 언 몸으로 저녁에 방에 들어왔었잖니. 그때 애비는 부도난 공장 다시 일으켜 본다고 서울서 동분서주 하다가 낙심한 표정으로 들어오더구나. 우리집이라고 방마다 넉넉히 연탄을 땔 수 있는 형편이 아니었던지라 나도 모르게 애비를 아랫목에 앉혀서 밥을 먹으라고 했어."

윤자 씨도 아, 그날 저녁! 하며 기억이 떠올랐다. 백 포기가 넘는 배추를 드럼통에다 절이고 씻고 속을 버무려 넣고 나니 냉기가 몸의 마디마디마다 파고들었다. 남편이 온 것은 알았지만 김장 마무리 일로 저녁밥은 시어머니에게 맡긴 터였다.

연탄을 때서 뜨거운 아랫목에 들어가 한숨 자고 나면 몸이 풀릴 것 같아 얼른 방안으로 들어갔는데 아랫목을 차지한 남편과 시어머니는 꿈뻑거리며 쳐다보기만 할 뿐 꿈쩍을 안 하는 게 아닌가! 물론 비집고 들어가면 한몸 녹일 수야 있겠지만 연탄 구들이라 아랫목만 겨우 따뜻했지 바로 옆도 냉기가 돌아 몸을 녹일 수가 없었다.

"그때 네가 막 울면서 말했지. 어머니, 추운 데서 하루 종일 일한 사람은 저예요!"

그랬었다. 미련스럽게 시어머니가 시키는 대로 밥을 먹고 있는 남편이나, 자신의 아들밖에 몰랐던 시어머니가 밉기도 해서

신중년 요즘 세상

이건 정말 아니다 싶어 윤자 씨는 울먹이며 소리를 질렀다.

"연탄 한 장 더 때서 온 방을 따뜻하게 하면 될 것을 맨날 아끼다고 궁상맞게 살았는지 모르겠어. 미안하다. 그때는 왜 그리 속좁은 시애미였는지…… 애미야, 난 요즘 세상이 좋다. 이렇게 온 집안이 따뜻한 요즘 세상이 좋아."

윤자 씨는 시어머니가 요즘 세상을 좋아하는 건지, 요즘 아파트를 좋아하는 건지 모르지만 이 겨울 밤새 연탄 갈 걱정 없이 따뜻하게 잘 지내다 가시라고 웃으며 말했다.

종이신문

윤호 씨는 이른 아침에 아파트 현관문을 열고 신문을 가져와 식탁 위에 놓는 일로 하루를 시작한다. 퇴직 전에는 대충 신문의 큰 글씨만 훑어보고 출근하기 바빴지만 지금은 오전에 시간이 많아서 신문을 마음껏 다 읽을 수 있었다. 아주 할 일이 없는 처지는 아니고, 오전 11시쯤에는 집을 나간다. 친한 친구가 운영하는 국밥집에서 가장 손님이 몰리는 시간인 점심때 몇 시간 동안 카운터를 봐주기 때문에 나름 하루 일과가 정해져 있는 편이다.

윤호 씨에겐 부인이 아침밥을 차리는 동안 신문을 펼쳐 들고 읽는 그 시간이 너무 소중했다. 아침의 이 평온이 언제까지나 계속되기를 바라는 마음이었다. 중학교 때 학비를 벌기 위해 이른 아침에 신문을 돌리던 소년이 바로 윤호 씨였다. 그야말로 우리 읍내 수준의 마을이라 신문을 구독하는 집이 많지는 않았지만, 새벽에 학교에 가기 전에 분주히 신문배달을 하면 학비나 용돈이 되었기에 넉넉하지 않은 집안을 생각하면 멈출 수가 없었다.

한겨울 새벽과 비가 오는 날이 신문배달을 하기엔 가장 어려운 날인데, 비 오는 날은 일일이 집주인에게 신문을 들여주다가 나중엔 신문을 싸는 비닐이 지급돼서 좀 나아지긴 했다. 우산을 쓰면 신문을 옆구리에 낄 수 없기에 보급소에서 받은 얇은 비옷을 입고 신문을 돌려야 했는데 비가 와서 미끄러운 길에서 넘어진 새벽에는 자신도 모르게 눈물이 나와 얼굴을 때리는 비와 섞였다. 살아가는 것의 고단함을 실컷 깨달은 그 시절은 윤호 씨를 내내 삶의 엄중함을, 따뜻한 밥 한 그릇의 소중함을 깨닫는 사람으로 살게 했다.

윤호 씨는 신문을 편안히 앉아서 볼 수 있는 지금의 시간이 너무 귀했고, 신문지를 쉽게 버리지 못했다. 한 달 정도는 신문지를 쌓아두었다가 정을 떼기가 어려운 친구를 떠나 보내듯이 종이 쓰레기 분리수거처로 가지고 갔다. 왠지 활자가 생명체인 것만 같아 버리기가 쉽지 않았다.

요즘 점점 종이신문을 구독하는 가정이 줄어드는 터라 괜시리 안타까웠다. 결혼한 아들과 딸도 필요한 뉴스나 정보는 핸드폰이나 컴퓨터로 보면 된다고 하며 다들 집에서는 신문을 구독하지 않는다고 했다.

그런데 웬일인지 새해라고 아침에 떡국을 같이 먹은 며느리가 신문을 찾았다. 신문 구독은 물론이고 집전화도 놓지 않는 세대라 뭔가 꼭 종이 상태로 간직해야 할 기삿거리가 있는가 싶었다.

"왜? 너 뭐 볼 기삿거리가 있는 거냐?"

"아니요, 농사짓는 친척분이 보내준 배추랑 무가 집에 많은데, 그 야채들을 보관하는 데는 신문지가 제일 좋다네요. 냉장고보다는 신문지에 싸서 다용도실에 두는 게 풍미 변함없이 오래 보관이 된다고 해서요."

아하, 그런 용도가 있어서 신문을 찾았구나 싶으면서 어린 시절 신문지 한 장도 허투루 버리지 않고 도배의 초배지로 쓰고, 서랍에 깔아서 벌레 방지에도 쓰고, 쌀독 바닥에도 깔았던 어머니가 떠올랐다. 신문지를 봉투에 넣어주며 윤호 씨는 이런 말을 하고 싶었지만, 자신의 세대만이 느끼는 구식의 좋은 점에 대한 얘기인 것 같아서 참기로 했다.

"신문처럼 가성비가 좋은 지식의 종합 전달자가 어디 있겠냐? 그래도 종이 냄새 맡으며 인쇄된 활자를 읽는 게 머리에 더 오래 기억되지 않을까?"

마이 네임 이즈 "경순 김"

경순 씨는 아침상을 치우자마자 영어 학습지를 들고 냉큼 식탁에 앉았다. 벌써 9시라 선생님이 올 시간이 2시간밖에 남지 않았다. 경순 씨는 어젯밤에 외우다가 그만 잠들어버려 다 외우지 못한 단어들을 밑줄을 쳐가며 외우기 시작했다. 지난 시간에는 식품과 음식 단어들을 배웠고, 오늘은 거리의 간판에 흔히 쓰이는 단어들을 배울 차례였다.

경순 씨는 3달 전부터 1주일에 한 차례씩 방문해서 영어를 가르치는 성인 상대 영어 학습지 공부를 시작했다. 경순 씨의 오랜 부끄러움이자 숨겨둔 열망인 영어 습득의 기회를 마련해 준 건 결혼해서 근처에 살고 있는 딸이었다.

전기도 들어오지 않은 남녘땅 오지 마을에서 겨우 초등학교를 졸업하고, 대구와 부산의 방직공장에서 10대를 온통 보낸 경순 씨는 영어를 배우지 못했다. 다행히 우체국 공무원인 남편과 결혼해서 밥걱정은 하지 않고 살아가는 요즘의 나날, 중년이랄까 노년 초입의 생활이 편안하고 좋았다.

퇴직한 남편에게 다달이 연금이 나오고, 경순 씨도 50대 후반까지 대형마트에서 정규직 사원으로 일을 한 터라 경제적으로 쪼들리지도 않았다. 그야말로 젊은 시절부터 혼신을 다해 이룩해온 퇴직 후의 생활이라 무료함이 덮치기까지는 놀아볼 작정이었다. 지인들과 같이 등산도 가고, 수영도 하고, 노래도 부르러 다니는 요즈막의 생활이 너무 힘들거나 바쁘지 않고 딱 적당한 재미와 긴장감을 주어서 좋았다.

그래서 등산팀 지인들과 올해 가을쯤 생전 처음 미국 여행을 가기로 했다. 거기에서 경순 씨의 오랜 병이 도졌다. 온통 영어투성이인 서울 거리의 간판 앞에서 경순 씨는 지금까지 문맹이었다. A B C도 모르는 게 부끄러워서 남몰래 알파벳을 혼자 외우기는 했지만 단어는 전혀 몰랐다. 그런데 미국은 무슨 재미로 간단 말인가? 또 영어로 대답해야 하는 출입국관리소에서는 어쩐단 말인가? 아직 미국행 비행기표를 끊은 것도 아니고, 패키지 여행 신청을 한 것도 아니건만 숨겨뒀던 오랜 지병이 도져서 울렁증이 다 생겼다. 경순 씨의 고민을 들은 딸은 즉시 처방을 내려주었다.

"아, 엄마 너무 잘됐어요. 오래전부터 엄마가 영어 단어 투성이인 간판이나 까페에서 너무 불편해하는 것 알고 있었어요. 이 기회에 영어 공부 시작하면 좋겠어요."

"내 나이에, 나 같은 사람도 할 수 있을까?"

경순 씨는 문화센터나 구청 등의 영어회화 강의에는 너무 까막눈이고 나이가 많아 가기가 망설여졌다.

"요즘 엄마같이 배움의 기회를 잃은 어른신들을 위해서 애들 공부하는 것처럼 방문해서 가르쳐주는 성인 영어 학습지가 있어요."

머뭇거리는 경순 씨의 의욕을 불러일으켜준 딸이 신청을 하고 당장 그다음 주부터 영어 선생님이 학습지를 들고 집으로 방문을 왔다. A B C 쓰는 것부터 친절히 가르쳐주는 젊은 여선생님 덕분에 경순 씨는 부끄러움을 잊고 공부에 빠져들었다. 그리고 기초회화라면서 자신의 이름을 소개하는 법을 배웠다. 자신의 이름을 남 앞에서 영어로 소개할 때는 "마이 네임 이즈 경순 김"이라고 이름과 성의 순서를 바꾸어서 말해야 한다는 것이 신기했다.

"마이 네임 이즈 경순 김, 마이 네임 이즈, 경순 김……" 이렇게 말을 해볼수록 경순 씨는 자신이 또 다른 땅에 발을 내디딘 듯 신선하고 뿌듯했다. 딸이 6살 때 한글을 익히고 난 뒤, 손을 잡고 동네를 걸을 때 "엄마 저거 세탁소라고 읽는 거야? 저기는 미용실이라고 쓰여 있네?"이러면서 신기해했던 장면이 떠올랐다.

경순 씨는 집에서 가장 가까운 번화가로 나가 전에는 관심없이 지나치던 간판들을 읽어보기 시작했다. 카페, 베이커리, 이탈리언 레스토랑…… 영어로 된 간판이 많기도 했다. 그러나 이제 경순 김에게 길거리 영어 간판 완전 정복은 시간문제였다. 그녀는 경순 김으로 다시 태어났다.

소심한 복수

　　미순, 희순, 순남― 이 이름들이
두 살 터울로 모두 60대인 순남
씨 여자 형제들의 이름이고, 막내 남동생의 이름은 수찬이다.
딸 셋에 막내로 아들 하나~이름만 봐도 집안 내력이 나오고
드라마에 많이 나오는 중노년 세대 형제의 구성이다. 막내인
순남 씨는 사내 동생을 봐야 한다는 부모의 염원으로 이름에
남 자가 들어갔다.

　　지금 88세인 어머니의 막내아들 편애는 평생 시들지도 않고

지칠 줄도 몰랐다. 순남 씨는 그 아들이 과연 어머니에게 무슨 특별한 즐거움과 사랑을 주는지 일평생 관찰을 해봐도 도무지 알 수 없었다. 그냥 어머니는 옛 관습에 젖어 이해득실과 관계없이 심적으로 만족하는 것 같았다. 수찬 씨는 그 이름처럼 빼어나고 찬란하지는 못하지만, 무난하게 살면서 어머니의 사랑을 늙도록 받고 있긴 했다. 그런 수찬이가 이 코로나 광풍이 몰아치는 시국에 그만 감기에 걸렸다.

어머니는 감기라는 진단을 듣고도 이제 환갑인 유일한 아들 수찬 씨가 코로나에 걸렸을까 봐 안절부절이었다. 마침 아버지의 기일을 맞아 어머니가 혼자 살고 계신 경북 문경의 친정에 간 순남 씨와 언니들은 어머니의 아들 사랑을 또 확인해야 했다.

"내가 막내 이번에 못 오게 했다. 괜히 왔다가 감기가 도져서 코로난가 뭔가 걸리면 어쩐다니? 느이 올케도 딱 붙어서 간호하라고 오지 말라고 했어. 느이 아버지도 생전에 막내아들 귀여워했으니 다 이해하실 게다."

감기와 코로나 바이러스는 엄연히 다르다는 설명은 이 상황에선 필요가 없었다. 딸들은 그저 어머니의 마음이 편하면 그걸로 됐다는 심정이었다. 88세의 나이에 치매에 걸리지도 않았고 자기 다리로 걸으면서 고향집에서 아직도 사과농장을 갈무리하는 모습이 고맙기까지 했다. 다만 아버지 기일인데 어머니가 평소에 늘 말하는 바, 그저 쳐다보기도 아까운 아들의 얼굴을 보지 못하게 돼 안타까울 뿐이다. 그때까진 너그러운 누나들이었다.

그러나 가끔은 수찬이만 서울로 대학을 보내고, 딸들은 문경 근처에서 중학교와 고등학교까지만 보낸 것에 대해 울컥하는 서러움과 서운함이 치올랐다. 특히 세 딸 중에서 가장 공부를 잘했던 둘째 딸 희순 씨는 지금도 "내가 대학만 갔으면 이렇게 살지는 않았을 텐데" 하는 아쉬움을 툭툭 드러냈다.

아버지의 제사를 다 마치고 사위인 남편들은 출근 때문에 새벽에 한 차로 가고, 세 자매는 점심을 먹고 역시 한 차로 서울로 향했다. 어머니는 문경의 특산물을 차에 바리바리 실었다. 사과, 사과 말린 것, 오미자 등이었다.

"이 사과랑 사과 말린 것 말이다. 수찬이네 가져다 주거라. 사과가 비타민인가 뭔가 많아서 감기에 좋다지 않니. 너네들은 셋이서 적당히 나눠들 가져가구."

얼핏 봐도 한 명 아들네 보따리가 세 명 딸네들 몫보다 컸다. 문경을 벗어나 잠시 휴게소에서 쉴 때 희순 씨가 꼬드겼다.

"이번엔 복수 좀 해보자. 수찬이네 암것두 가져다 주지 말자. 여기서 우리 셋이서 다 나누자."

그러더니 정말 뒷 트렁크를 열고 수찬 씨네 보따리를 풀어 삼등분을 해서 다시 꾸렸다. 마음 약한 첫째 딸 미순 씨는 그래 봤자 수찬이가 엄마랑 전화통화하면서 다 알게 될 텐데 왜 그러냐고 했다.

"일단, 우리 몫이 늘어났으면 됐어. 수찬이가 먹고 싶다면 엄마가 또 보내든지 하시겠지. 오늘은 이러고 싶다."

순남 씨는 작은언니의 소심한 복수가 귀엽기도 하고 안타깝기도 했다. 작은언니가 대학을 포기하고 봉제공장에 들어가 이른바 시다에서 4년 후 봉제라인 조장이 됐을 때, 수찬이는 대학교에 들어갔다.

두 사람이 고향집에서 설날에 만났을 때 부러움에 당황하던 작은언니의 모습이 떠올라 순남 씨는 새삼 눈가가 붉어졌다.

튀긴 통닭

여고생 영지는 어디선가 풍겨오는 튀긴 통닭 냄새를 맡았다. 아빠가 오늘 저녁에도 또 통닭과 곰보빵을 사가지고 집에 들어온 게 아닌가. 도대체 술에 취하거나 공연히 기분이 좋은 날 아빠가 통닭을 사온 세월이 몇 년간이던가? 영지가 기억하기론 자신이 초등학교 4, 5학년 정도였을 때부터 시작되었던 것 같다.

처음엔 영지도 저녁 늦게까지 졸린 눈을 비비면서 아빠가 사가지고 올 통닭을 기다린 적도 있었는데 이젠 솔직히 친구들이랑 먹는 양념치킨이 더 입맛에 맞았다. 어떤 날은 따뜻한 통닭이 든 봉지를 아빠가 기분이 좋다고 노래를 흥얼거리며 박자에 맞춰 휙휙 돌리는 바람에 닭이 다 해체되고 곤죽이 돼버린 적도 많았다. 도대체 아빠는 왜 질리지도 않고 튀긴 통닭을 사온단 말인가! 매번 맛있게 먹는 엄마는 또 왜 그런가?

"영지야, 아빠는 이 세상에서 통닭이 제일 맛있더라. 기름에 통째로 튀긴거나 전기구이면 더 좋고 말이야."

"아빠, 요샌 다들 프랜차이즈 치킨집에서 양념치킨을 배달로 시켜먹지 아빠처럼 일부러 시장에 가서 기름에 통째로 튀긴 닭이나 전기구이 통닭을 사 먹는 사람은 별로 없어요."

"아빠도 알아. 아빠 식성이 진짜 아재 식성이지? 우리 영지도 아빠가 어렸을 때 무척 가난하게 살았단 애기는 여러 번 들었지? 지금 할머니가 살고 계신 그 시골집도 네가 보기엔 초라할 텐데, 아빠 어렸을 땐 그냥 초가를 겨우 면한 슬레이트 지붕집이었어. 아빠랑 삼촌이랑 서울에서 취직하고 결혼해서 집을 장만하고 나서 7, 8년 전에 개축해 드린거야. 아빠 나이 45살쯤이었지……"

영지 아빠가 약간 목이 메려고 하는 순간 옆에 있던 엄마가 보조 발언을 시작했다.

"아빠가 서울에 집 장만하고, 할머니네 집 개축해 드리고 나서부터 통닭을 사오기 시작했지~. 그때부터 경제적으로 좀 여유가 생긴거고 아빠는 평소에 품어왔던 소위 로망을 실현시켜 보고 싶었던 거지."

영지는 웃음이 나왔다.

"닭튀김에 무슨 로망씩이나 결부해."

"아빠는 지금 할머니가 사는 집을 떠나 삼촌이랑 같이 읍내로 가서 중학교를 다녔거든. 친척집 방 한 칸이라 자취는 면했지만 늘 배가 고팠어. 중학교 2학년 땐가. 학기 초에 학급반장에 당선된 친구의 엄마가 반장 턱을 낸다며 우리반에 기름에 튀긴 통닭 3마리를 가져왔어. 노란 종이봉투에 담겨 있다가 책상 위에 펼쳐진 통닭에서 나던 그 고소하고 기름진 냄새라니! 아빠는 그때까지 국물이 더 많은 닭백숙이나 닭죽은 먹어봤어도, 기름에 튀긴 닭은 처음이었어. 반원이 30명이니까 10명이 닭 한 마리를 나누어 먹은 셈이라 두세 쪽밖에 못 먹었지만 그 강렬한 맛은 늘 아빠의 가슴속에 갈증으로 남아 있었어. 내가 돈을 벌면 날마다 저 튀긴 통닭을 맘껏 사 먹겠다는⋯⋯ 그래서 아직도 술을 마시면 그 충동이 일어서 시장 안에 있는 튀김 닭집으로 저절로 발길이 향하는가봐. 우리 영지가 지겹다니 이제 그만 사올까 보다……"

영지는 고개를 주억거렸다.

"아빠, 미안. 그냥 계속 튀긴 통닭 사오세요. 더 맛있게 먹을게요."

"그래? 근데 내가 이 통닭 너한테 얼마나 더 사줄 수 있을지 몰라. 아빠 회사 나오면 뭐해 먹고 살지? 너는 그땐 대학생일 텐데 등록금 걱정 안 하고 공부만 할 수 있게 뒷바라지 해줄 수 있을지 모르겠다. 사람은 자기가 좋아하는 일을 하고 살면 행복하다는데, 아빠는 행복까지는 바라지 않지만, 통닭을 좋아하니까 요즘 퇴직자들이 몰린다는 프랜차이즈 치킨 가게를 차려볼까? 그게 어울릴까?"

영지는 자신이 아빠에게 답을 줄 수 없다는 막막함에 빠졌다.

깊은 맛 유감

아니 뭔 남자가 결혼생활 30년 동안을 마누라가 해주는 음식에 입맛을 길들이지 못하고 여태껏 '깊은 맛' 타령이람. 된장찌개를 해주어도 먹을 만은 한데 깊은 맛은 아니라고 하고, 시어머니에게 배워서 무를 깔고, 시래기도 넣고 생선조림을 해주어도 한 끗 차이로 깊은 맛이 아니라며 고개를 가로젓는다. 애초에 서울 여자인 남주 씨와 전라도 남자인 남편의 입맛 사이에는 합일이 되지 않는 깊은 강이 흘렀는데, 지금까지 그 강을 메우

지를 못하고 깊은 맛 부족이란 지청구를 수시로 듣는 처지로, 이젠 아예 맛 평가에 대한 후렴구로 여겼다.

남주 씨가 곰곰이 생각해보니 이론적으로 따지자면 그 깊은 맛이란 게 첫째, 어린 시절의 '배고픔'이 가져다준 결과물이기가 쉬웠다. 배가 고프면 무슨 음식이건 맛이 있는 법이니까 남편이 입에 달고 사는 고생담인 '다음 끼니가 걱정이었다'라는 상황에서 뭔들 맛이 없었겠는가 말이다. 둘째는 재료의 질 자체가 다른 탓이리라. 집 근처의 텃밭에서 따온 야채와 어판장에 가서 사온 생선과 해물의 싱싱함을 요즘 서울에서 어찌 구한단 말인가.

셋째 이유가 가장 중요한데, 기실 그 깊은 맛은 추억과 기억이 녹아 있는 맛이지, 비법의 맛은 아닌 것이다. 그래서 남주 씨는 남편이 애타게 그리는 깊은 맛은 돌아오지 않는 어린 시절처럼 소환 불가에 재현 불가라 설득하며 서울식 밥상을 차렸다.

그런 남편이 올해 설을 맞아 5인 이상 모임 금지령에 따라 혼자서 고향집에 다녀왔다. 고향집 가는 날짜가 다가올수록 남편은 깊은 맛 충족에 대한 기대로 들떴다. 남도 바닷가 마을엔 노모가 홀로 살고, 그 옆에 큰형네가 사는데 형수가 노모의 손맛을 계승한 터라 '깊은 맛'을 듬뿍 맛보고 올 수 있는 까닭이었다. 남주 씨는 시어머니와 형님에게 드릴 명절 선물비를 챙겨주며 소풍 가는 애한테처럼 말했다.

"맛있는 거 실컷 먹고 와요."

실제 집을 나서는 남편은 뒷통수부터 잔뜩 신바람이 나 보였다. 듣자하니 과연 9순이 가까운 노모가 서울 사는 막내아들이 왔다고 오랜만에 솜씨를 발휘해서 생굴무침을 만들어주었다. 미나리와 무, 채친 배를 섞어 초고추장에 무친 생굴무침은 노모의 겨울철 주특기 요리였고 자라면서 자주 먹어 본 만큼 남편이 겨울만 되면 오매불망 먹고 싶어 하는 음식이기도 했다.

남주 씨도 처음에는 시어머니에게 생굴무침 만드는 양념 배합을 물어본 적이 있었다. 그때 돌아온 대답이 "이 양념 저 양념 손대중으로 대충 넣고 버무리다가 한 가닥 먹어보고 다시 양념하면 된당께"였다.

그런데도 주재료인 굴이 일단 싱싱한데다 매운맛과 신맛의 조화가 기가 막혔다. 재료를 계량하지도 않고 커다란 그릇에 양념을 다 넣고 쓱쓱 무치는데, 손맛의 경험치는 계량을 뛰어넘는 고도의 경지였다.

그런데 설을 잘 쇠고 돌아온 남편은 그다음날부터 계속 설사를 했다. 머리도 어지럽고 구역감마저 들어서 내과에 갔더니, 생굴 노로바이러스 감염에 의한 장염이라는 진단이 나왔다. 겨울철에는 특히 생굴을 주의해서 먹어야 하는데 이젠 나이 탓에 바로 노로바이러스 감염으로 이행된 것이다. 약을 먹고도 꼬박 사흘을 화장실을 들락거리게 되었다.

젊었을 때는 어머니의 생굴무침을 한 바가지 먹어도 끄떡없는 뱃속이었는데, 오호통재라! 이제 남편은 아무리 강렬한 추억의 맛이라도 몸에게 먼저 물어보고 먹어야 하는 나이가 된 것이다.

노모 속의 젊은 엄마

저기다, 이제 다 왔다. 용인의 한 자연휴양림에 들어선 정미 씨는 숲속의 통나무집 앞에다 차를 세웠다. 통나무집 문 앞에서 87세의 노모가 함죽이 웃으며 정미 씨를 반가이 맞아준다. 언니는 세 자매와 친정어머니가 1박 2일 동안 숲속 통나무집에서 먹을 음식을 그야말로 바리바리 준비해 가지고 왔다. 지금 정미 씨의 나이 55세, 언니는 두 살 위고 동생 은미는 53살로 두 살 아래이다. 세 자매가 모두 50대로 갱년기를 겪을 나이인데 엄마가 계시니 그 앞에서는 내색을 못하고 그냥 '젊은것'이 되는 묘한 경험을 하고 있다.

쪼글쪼글한 엄마의 얼굴에 비하면 한참 젊기는 하지만 사회에서야 완전히 아줌마인데, 자매들만 모이면 엄마는 딸들을 젊은것들이라고 표현해서 강제로 다시 어린 딸들로 돌아가는 수밖에 없었다. 세 자매가 한 자리에 모이면 자랄 때 이야기가 넘쳐나고, 자연히 엄마는 자신이 등장하는 추억 앞에서는 기억을 소환하며 즐거워했다.

정미 씨의 엄마는 그 시대에 딸만 셋을 낳아 시댁에서 지청구도 많이 들었다고 하는데, 지금 엄마는 진심으로 이렇게 말한다.

"세상이 바껴서 요즘은 딸만 셋인 나를 다들 부러워들 해. 나도 이런 시절이 올줄 몰랐지 뭐냐. 사위들도 다 좋아서 나는 열아들 가진 사람들 이제는 하나도 안 부럽다."

그렇게 사위들을 친아들마냥 여기는 엄마가 얼마 전에 특이한 부탁을 해왔다.

"나, 니네들하고만 여행 가보고 싶다."

정미 씨 세 자매하고만 여행을 가자는 것이다. 정미 씨는 갸우뚱했다. 맏사위는 듬직하다고, 둘째 사위는 싹싹하다고, 막

냇사위는 바라만 봐도 좋다고 하던 엄마가 왜 딸들하고만 여행을 가자고 하시는지. 암을 앓다 돌아가신 아버지의 병수발에 지쳤다가 이제 몇 년이 흐르니까 아버지의 존재가 그리워서 그러신가 싶기도 했다. 그러면 이상한 게 아버지의 자리가 그리울수록 남자인 사위들하고 같이 여행을 가야지 왜 딸들하고만 가자고 부탁 아닌 부탁까지 했을까.

엄마의 부탁을 받은 언니는 엄마가 옛날에 자랐던 시골집에 비할바는 아니지만 자연 속에 지어진 휴양림 속 통나무집을 예약했다.

언니가 준비해온 고기와 해산물로 이른 저녁부터 바비큐를 해먹으며 마신 맥주 탓인지 자못 거나해진 세 자매는 '과수원 길'이란 노래까지 합창으로 불렀다.

그때였다. 엄마가 박수를 치며 활짝 웃음을 터뜨린 것은! 게다가 숲속의 신선한 공기를 마신 엄마는 기분이 좋은지, 바비큐의 불꽃 탓인지 얼굴이 달뜨고 한결 젊어 보였다. 엄마는 이렇게 말했다.

"내가 사위들도 다 좋아하고 같이 여행 가면 즐겁지만 요즘은 왠지 내 딸들하고만 같이 있고 싶었어. 너네들이 이렇게 같이 노래를 하니까 내가 젊었을 때 두 칸짜리 집에서 올망졸망

한 세 딸들 키우던 시절로 돌아간 것 같구나, 담에 또 오자 응?"

정미 씨는 그때사 엄마의 깊은 마음을 알아챘다. 엄마는 오롯이 자기 자식들하고만 시간을 보내면서 잠시나마 젊은 시절과 같은 풍경 속으로 되돌아가고픈 모양이었다. 90세를 앞두고 언제까지 맑은 정신으로 자식들과 시간을 더 보낼 수 있을지 모른다는 초조함도 있는 것 같았다. 정미 씨는 이렇게 노래 부르는 어린 딸로 계속 남아 있게 앞으로도 길게 더 살아달라고 엄마의 손을 지긋이 잡았다.

평생 어머니

요양원 문을 들어서는 발걸음은 마음의 추가 발에 달린 듯 늘 무겁기만 하다. 인숙 씨의 친정어머니가 요양원에 들어가신 지 벌써 3년이나 되었다. 수녀님들이 운영하는 작은 요양원으로 어버이날이라고 창문 너머라는 조건으로 특별 면회가 허용되었다. 코로나로 저번까지는 요양원 사무실에서 전화로 음성만 듣고 필요한 물건을 전해주는 정도에 그쳐 아쉬움이 너무 컸다.

직장인과 대학생인 인숙 씨의 딸과 아들은 어버이날이라고 꽃바구니와 요즘 유행한다는 용돈박스를 선물로 주었다. 인숙 씨는 어버이날이 올 때마다 자신이 낀세대임을 절감했다. 선물을 주는 자녀와 아직 챙겨드려야 할 부모님이 살아계신 50대 후반이란 나이인지라 자립 못한 자녀들에게선 카네이션 한 송이를 받는 것도 부담스럽고, 노쇠하신 부모님에겐 더 잘해 드리지 못해서 미안했다. 자연스러운 내리사랑과 어려운 치사랑 사이에 낀, 그런 59세의 딸 인숙 씨가 88세의 어머니를 면회하러 갔다.

면회실을 둘로 나눈 큰 유리 칸막이 너머로 어머니가 파란 조끼를 입은 간병인과 함께 나타났다. 어머니는 아직 걸을 수 있지만, 일어서고 걷다가 여러 번 침대 머리나 가구에 부딪쳐 멍이 들었던 터라 요즘은 이동할 때 안전을 위해 휠체어를 이용했다. 노인성 기억력장애, 경도 인지장애로 시작한 어머니의 증상은 이젠 치매라는 단어로밖에는 형용할 방법이 없었다.

그런데도 어머니는 다행히 인숙 씨를 알아보고 합죽 함박웃음을 지어 보였다. 볼 때마다 어머니의 몸피가 줄어들어 저러다가 말린 대추처럼 될 것 같은 환상으로 인숙 씨는 아린 죄책감에 휩싸였다. 그러나 집보다 좋은 치료시설과 재활시설이 있다는 합리화로 마음을 다잡았다. 칸막이 사이로 마주 잡듯이 어머니의 손에 자신의 손을 갖다 댄 인숙 씨는 관절염으로 갈쿠리처럼 휘고, 나뭇가지처럼 마른 손에 울컥했다. 저 손으로 우리 4남매가 컸구나……

어머니의 첫마디는 언제나 변함이 없었다.

"밥은 먹었어? 밥은 먹고 댕기는 거야?"

어머니는 자식에게 생의 시작부터 젖이란 밥을 주었고, 밥을 같이 먹는다는 의미인 식구였기에 자식이란 늘 자신이 밥을 주어야 하는 존재로 남아 있었다. 인숙 씨의 머릿속에서는 부엌에서 4남매의 새벽밥을 짓는 어머니의 행주치마가 펄렁거리고 구수한 밥 냄새가 괴어올랐다.

"네, 우린 다 잘 먹고 다녀요. 어머니나 밥 남기지 말고 다 잡수셔요."

말귀를 알아들었는지 모르지만 어머니는 모성의 미소를 지었다. 그런데 간병인이 비닐봉투에 든 무언가를 보여주며 나중에 집에 갈 때 찾아가라고 했다.

"자꾸 어머님이 따님 준다고 반찬으로 나오는 쌈장을 모으세요. 규정상 안 된다고 해도 한사코 모으시길래 제가 조그만 통을 드려서 이렇게 쌈장이 모아졌어요. 생된장이 반찬으로 나오지는 않고, 가끔 쌈장이 나오는데, 그럴 때마다 우리 딸 된장이랑 고추장 담가서 주어야 한다며 모으신 거예요."

어머니는 간병인이 보여주는 자그마한 플라스틱통을 기어이 열어서 보여주었다. 된장과 고추장이 섞인 쌈장이 제법하니 담겨 있었다.

"올해는 된장이랑 고추장이 달게 잘 담가졌어, 어여 가져가서 먹어."

인숙 씨는 눈물이 흘러 어머니의 얼굴이 두 겹으로 겹쳐왔다. 늙은 어머니의 얼굴 옆에 젊은 어머니의 얼굴이 겹쳐 보여다. 젊은 어머니의 얼굴은 곧 인숙 씨의 얼굴이고, 늙은 어머니의 얼굴은 다가올 자신의 얼굴이었다.

언니, 괜찮아 괜찮아

시골집에 살고 계신 친정어머니가 홀로 생일을 맞이하면 안될 것 같아 며칠 전에 막내딸인 인자 씨가 어머니를 모시고 서울로 왔다. 노모는 제일 마음 편한 막내 인자 씨 집에 며칠째 묵으면서 두 아들과 다른 두 딸을 보고 싶어 했다. 인자 씨는 큰언니인 숙자 씨에게 전화해서 어머니 생일 점심때 장어구이를 먹으러 교외로 가자고 했다. 여름을 보내느라 부쩍 기운이 떨어진 88세 노모에게 보양도 해드리고 꽤나 뜨악해져 버린 언니와의 만

남도 주선할 참이었다.

그런데 큰언니 숙자 씨의 병이 또 도졌다. 이번에도 한사코 어머니를 만나고 싶지 않다는 것이다. 동생들이 잘 알아서 모시고 다니고 자신은 부르지도 말고 집에도 오지 말라는 엄포였다. 인자 씨는 큰언니가 아직도 그놈의 학력 콤플렉스와 그 연장선상에 있는 부모에 대한 원망을 떨치지 못하는 게 안타까웠다.

숙자 씨는 시골에서 가장 형편이 어려운 때 10대를 보낸 터라 중학교밖에 나오질 못했다. 그 사실을 잘 의식하지 못하고 있다가, 서울로 와서 시작한 남편의 건설자재납품사업이 잘돼 강남 아파트에 사는데다 딸이 예술중학교에 다니게 되자 숙자 씨가 어울리는 사람들이 달라지면서 상처로 변했다.

그때 숙자 씨는 40대 중반이었는데 일단 예술중학교 어머니들 모임에서부터 주눅이 팍 들었다. 학부형들이 대부분 서울에서 내로라하는 대학을 졸업하고 나누는 대화들도 엄청 품위가 있어 보였다며 한숨을 쉬었다.

그때부터 숙자 씨는 서울에 와서 알게 된 여자들의 학벌에 초민감해지기 시작해서 수시로 마음의 병을 치르고 있었다. 백화점 문화센타에서 강의를 듣고, 같이 골프 치러 다니면서 "그네들도 별건 없어"하고 안분지족하다가도 친정어머니가 서울에 나들이한다면 지병이 도져서 한사코 만나려 들지 않았다.

지금 60대 여성 중에, 그중에서도 시골 출신들이 대학교에 다닌 사람이 얼마나 된다고 언니는 저렇게 몸살을 앓는단 말인가. 지금도 고향 마을에서는 서울에서 부자로 잘 살고 있는 큰딸 숙자로 널리 회자되고 있는데 그만하면 된 거 아닐까? 인자 씨는 이런 생각이 들었다.

"엄마, 내가 그때 밤새 울면서 읍내 여고에 간댔는데 그예 등록금을 안 해주더니 나를 이꼴로 만들어 놨어."

이 말은 숙자 씨가 40대 때 한 말인데 아직도 그 틀에서 벗어나지 못하고 있는 셈이다. 수시로 노모에게 심통을 부리며 살아온 지 20여 년째라 이젠 불치병이 된 것 같았다. 인자 씨는 큰언니를 만나 자신이 시골 여고 출신의 한미함을 무얼로 극복하고 이 서울에서 잘 살아가고 있는지를 말해 주고 싶었다.

시골 출신 여자들이 가진 미덕, 차라리 서울 아줌마들 앞에서 몸을 낮춰가며 특유의 친화력으로 다가가고 따스한 태도로 감싸안아 인격적 우위로 저절로 선의를 가지게 하는 전법이었다. 아니 전법이 아니라 자연스런 행위였는데 뾰족한 그들에겐 따스한 사람으로 느껴졌는지 시간이 흐르자 서로를 찾았다.

서울내기 아줌마들은 의외로 서로 고립돼 있지만 먼저 사람을 당기지는 않는 편이라 인자 씨의 다정한 접근법은 효과가 좋았다. 인자 씨는 언니에게 카톡을 보냈다. 오래전부터 생각해 왔지만 이번에사 용기를 냈다.

"언니, 우린 우리가 가지지 못한 걸로 잘난 사람들 이기려 하지 말고 우리가 원래 가지고 있던 장점을 베풀면서 조화롭게 살아나가는 게 좋지 않을까? 어설픈 화장으로 덮기보다는 말간 민낯이 더 아름답지 않을까? 언니의 맨얼굴은 건강하고 예뻐, 언니 정말 괜찮아 괜찮아."

대학입시

금자 씨는 대학입시 수학능력 시험이 끝나고 각 대학별 논술과 특수전형이 본격적으로 시작되었다는 텔레비전 뉴스를 보다가 새삼스레 추억이랄까 감회랄까 하는 감정에 빠졌다. 지금은 대학교 3학년과 대학원생이 된 아들과 딸이 치른 4년간의 입시 전쟁이 다시금 떠오른 탓이다. 금자 씨는 두 살 터울로 아들과 딸을 두었는데, 아들이 재수를 하고 대학입시가 끝나자 작은딸이 고3이 되었고, 그 딸이 또 재수를 하는 바람에 총 4년간 수

험생 엄마 시절을 보냈다.

그 4년간의 전쟁과도 같은 입학 전형을 치르며 직접 가 본 대학이 10여 곳이 넘었다. 지금와서 생각해 보면 대학교에 진학하지 못한 한을 그때 다 푼 것도 같았다. 아들과 딸의 입시 때문에 입시설명회부터 논술고사 날까지 밟아 본 대학교 캠퍼스 땅을 무슨 기라도 받으려는 듯이 소중히 즈려밟은 기억도 있다.

금자 씨는 지방 소도시에서 인근 고등학교를 졸업하고 그곳의 작은 회사들에서 전문적이지는 않은 사무직 일을 몇 년 하다가 결혼을 했고, 다행인지 불행인지 서울에서 살게 되었다. 지방에선 50대 여성으로 고졸이면 괜찮은 학벌 축에 속했는데 서울에 오니 여자들도 웬만하면 전문대 이상은 나왔고, 소위 일류대학을 졸업한 사람도 많았다.

금자 씨는 살아가면서 50대 중반인 또래 중에서 대학을 나온 여자들은 뭐가 달라도 달라보인다는 선입견 내지 열등감을 꽤 오랜 시간 품고 있었다.

그러나 건축자재 생산업을 하는 남편의 사업이 조금씩 확장되는 덕분에 경제적으로 안정을 이룬 지금, 금자 씨는 무엇보다 마음이 여유로 왔고, 주변의 대학 나온 여자들을 부러워하기보다는 인정해주며 좋은 관계를 유지하며 지냈다. 가끔씩 학벌을 내세우며 정체 모를 위화감을 주는 여자들도 있긴 했는데 이젠 웃으며 받아들일 정도로 마음에 공간이 넓었다.

남편도 "우리 마누라 마음씨는 부처님 가운데 토막이고, 하는 일마다 잘되는 마이더스의 손을 가진 여자"라며 금자 씨를 떠받들며 사는 중이었다.

방학이라 일찍 저녁밥을 먹으러 온 딸애랑 같이 텔레비전 뉴스를 보고 있는데 또다시 대학교 입시 뉴스가 나오면서 대학교 건물들이 화면에 나왔다. 딸애가 뭔가 생각이 났는지 물었다.

"엄마, 몇 년 전 나 대학교 입시 때 면접 보러 같이 간적 있었잖아. 학교 안에 엄마 차 주차시키고 면접고사장으로 갈 때 왜 그렇게 땅을 조심스럽게 밟고 그랬어?"

"너도 그렇게 느꼈구나. 그땐 나도 모르는 행동이었는데 나중에 스스로 이유를 알게 됐지. 첫째는 네가 입시를 보는 대학이니까 합격되게 해달라고 간절히 기도하는 마음이라 저절로 발걸음이 조심스러웠고, 둘째는 엄마가 못 다녀 본 대학이라 대학교의 모든 것이 다 멋있어 보여서 사방 구경하느라 그랬지."

"에효, 울 엄마 엄청 소심하셨네. 대학 안 나온 울 엄마가 인생살이에 두루 얼마나 현명한지 대학 나온 다른 엄마들보다 훨씬 낫구만."

"암튼 나는 울 아들과 딸이 고맙워. 엄마가 못 가 본 대학교 캠퍼스를 거의 10군데나 밟게 해줬으니 말이야. 아주 소원 풀었어."

"울 엄마가 이래서 좋아요. 상황을 받아들이는 자세가 늘 낙관적이시라서요."

딸애의 낙관적인 해석에 금자 씨는 정말 현명한 낙관론자가 가 된 듯해서 크게 소리내어 웃었다.

직업 이야기

독수리의 두 번째 삶

선박회사에서 일하다 은퇴하고 올해 61세가 된 전직 김 이사는 퇴직 이후 6개월간 낮에는 집 밖으로 나가지 않았다. 부인에게도 그동안 사회생활에서 쌓인 독소를 빼는 시간이니 가만히 놔두어 달라고 부탁했다. 처음엔 평일 낮 시간에 벌어지는 삶이 도무지 낯설기만 하고, 지나가는 사람들이 모두 자신만을 유심히 쳐다보는 것 같아 면구스러웠다. 동네 산책도 자신이 퇴근해서 동네로 들어서던 저녁 시간에 하는 것이 마음이 편했다. 낮에

밖에 돌아다니면 누가 흉을 보는 것만 같았다.

사람은 두 번 죽는다고 한다. 늙고 병들어 죽는 자연적인 죽음과, 자신의 일생을 정의하던 일을 그만두게 되어서 삶의 의미가 사라졌을 때 오는 사회적 죽음이 그것이다. 김 이사는 그런 사회적 죽음을 경험하는 것만 같았다.

전업주부로 살았던 부인은 자식들이 모두 결혼해서 독립하게 되면서 알뜰하게 가꾸었던 가정에 오도마니 남아 소위 빈둥지증후군을 잠시 겪는 것 같더니 봉사활동과 신앙생활, 여행 등으로 휘딱 수월하게 두 번째 삶으로 이행해서 잘 지내고 있었다.

김 이사가 6개월을 집안에서만 칩거하듯 지내자 독소는 다 빠지고 이젠 오히려 군내가 나는 시간이 도래했다. 그런데도 방향 전환은 쉽지 않았고 마음은 갈피를 잡지 못했다. 그러던 김 이사는 독수리에 관한 우화를 읽고 나서 일단은 집 밖으로 나설 용기를 얻었다.

그 우화에 의하면 독수리는 가장 수명이 긴 새 중의 하나인데 40년을 사는 독수리와 70년을 사는 두 종류의 독수리가 있다고 한다. 40년쯤 살았을 때, 죽음을 맞이하는 독수리가 있고, 두 번째 삶을 도모하는 독수리로 나누어진다. 다시 살고자

하는 독수리는 먹이조차 잡기 어려워진 발톱과 부리의 환골탈태를 위해 150일 정도를 새 부리와 새 발톱이 나도록 절벽 끝에 둥지를 틀고 인고의 시간을 보낸다. 그리고 나면 새로운 생명을 얻어 새로운 비행을 30년간 더 할 수 있게 된다. 70년을 사는 독수리로 재탄생하는 것이다. 우화라니 물론 과학적 진실은 아닐 수도 있었다.

김 이사는 앞으로 남은 자신의 삶을 떠올려 보았다. 우스갯소리로 재수 없으면(?) 앞으로는 120살까지 산다는데, 이제 겨우 반환점을 돈 셈이라 이대로 주저앉을 수는 없었다. 퇴직 후 집에 틀어박혀 지낸 6개월이 무위하지만은 아닌 시간이었다고 자부했다.

김 이사는 업무에 쫓길 때 목말라 했던 정서적 자양분도 인문학 공부를 통해 해갈하고, 실생활에 필요한 가정에서의 생존법을 익히고, 친구들과의 관계도 재정립하겠다고 다짐했다. 무한한 컴퓨터와 모바일의 세계도 더 배워서 항상 업데이트가 되어 있는 신중년이 되야 한다는 다짐도 했다.

김 이사는 자신처럼 1970년대 이전 출생자들은 젊은 사람들처럼 컴퓨터와 모바일의 원주민 세대가 아니고, 말하자면 컴퓨터 시대의 이주민 세대라고 생각했다. 이민자가 새 땅에 정착

신중년 요즘 세상

하려면 주위의 도움과 본인의 노력이 겸비해야 하지 않겠는가.

그러면 어떠랴. 독수리 타법으로 타자를 쳐서 이메일을 주고받고, 콩글리쉬로 전화통을 붙들고 외국인들과 무역을 해서 이 나라의 경제개발 시기를 온몸으로 뛰어온 세대가 아닌가!

그런 만큼 새 부리와 발톱을 얻은 독수리가 되어 다시 비상할 능력도 있지 않겠는가!

어쩌다 2대 식당

황 여사는 아침 9시에 자신이 사는 아파트 단지 내 상가의 조그만 가게로 6개월째 출근을 하고 있다. 가게의 업종은 식당이다. 점심 한 끼만 장사를 하는지라 11시 30분부터 점심 손님을 받으려면 9시쯤에는 가게에 도착해서 그날 쓸 식재료들을 다 다듬고 조리 직전의 상태로 만들어 두어야 한다. 황 여사네 식당에서 파는 메뉴는 고등어묵은지조림과 돼지불고기쌈밥, 이렇게 딱 두 가지이다. 주부 경력 30년 차인 황 여사가 평소에 집에서 잘 해먹는 음식이고 자타공인 맛있다고 인정받은 시그니처 메뉴였다.

처음 시작할 때는 남편의 퇴직이 코앞이라 경제적으로 꽤시리 불안한 상황에서 뭔가 시작하고픈 마음에 일단 저지르고 보았다. 마침 자신이 사는 아파트 단지 내에 10여 평 정도의 가게가 권리금 없이 싼 월세로 나왔다는 말에 망해봤자 큰돈은 아니라는 계산도 있었다.

혼자서 조리를 하고 점심때만 아르바이트 아주머니를 몇 시간 쓰면 될 것 같았고, 다행히 그 예상이 들어맞았다. 점심시간이면 인근 직장인들이 찾아들었고 집밥같이 맛있다는 소문이 나면서 가게는 차츰 바빠졌다. 그러던 중 아르바이트 아주머니가 집안일로 갑자기 결근을 하게 된 날이 있었다. 그날부터 집에서 공무원 시험 준비를 하던 아들이 가끔 식당 일을 도와주었다.

그랬던 아들이 어젯밤에는 전혀 예상치 못한 얘기를 꺼냈다.

"엄마가 지금 하는 그 밥집 나도 같이 해볼게요."

"뭔 소리야? 너는 공무원 시험 공부 중이잖아. 누가 너더러 조그만 밥집하래? 그러려고 비싼 등록금 내면서 대학교 다녔어?"

황 여사는 억장이 무너져 내렸다. 그러나 아들의 표정은 굳은 결심을 말해주고 있었다.

"제가 전에 며칠간 밥집 도우면서 보니까 전망이 밝은 것 같아요. 괜히 되지도 않을 공무원 시험 준비하느라 시간을 버릴 게 아니라 적성에 맞는 일로 빨리 들어서는 게 좋겠어요."

황 여사는 아들이 공무원 시험에 붙을 자신이 없어서 그런 거라고 생각하자 한숨이 나왔다. 이 취업난에 조금만 노력하면 평생 직장인 공무원이 될 수도 있는데 포기해버리는 아들이 못나게도 보였다. 그런데 아들은 뭘 구체적으로 알아본 건지 벌써 마음을 굳힌 것 같았다.

"엄마, 내가 솔직히 중소기업은 가기 싫고 대기업은 갈 자신이 없어서 도피처로 공무원 시험을 잡고 늘어졌던 건데 합격해도 적성에 맞지도 않은 일이에요. 저는 몸을 쓰면서 일하는 게 맞아요. 그리고 요즘 식당이 몸만 쓴다고 영업이 되는 건 아니죠. 엄마가 하는 밥집이요, 제가 보니까 얼마든지 발전과 확장의 가능성이 있어요."

황 여사는 그 어느 때보다 자신감이 넘쳐 보이는 아들애의 태도를 보면서 막을 수도 없겠다 싶었다.

"일단은 엄마가 하는 밥집 일을 도우면서 조리사 자격증도 딸 거예요. 그러면서 점점 메뉴도 늘리고 매장 분위기도 바꿔 나갈 겁니다."

황 여사는 아들이 경영을 맡으면서 큰기업으로 성장한 부산의 어묵 가게와 서울 강남의 유명 빵집 성공 신화를 떠올려 보았다. 내 아들도 어쩌면 요식업계의 기린아가 될지도 모른다는 희망고문이 시작된 것이다. 취업난을 탓하지 않고 아들의 선구안을 믿고 싶었다.

황 여사가 건강이 허락할 때까지 내 식구들에게 밥을 해주는 것처럼 정직하게 운영하면 기본은 된다는 생각으로 시작한 소박한 동네 밥집이었다. 그 밥집이 어쩌다 보니 몇 달만에 2대가 경영하는 식당으로 바뀌어져 가고 있었다.

여보, 걱정 말아요!

평일 저녁이면 대부분 그랬듯 인호 씨와 민숙 씨 부부는 텔레비전으로 저녁 9시 뉴스를 보고 있었다. 대학에 다니는 아들과 딸은 아직 귀가 전이었다. 올해 만 58세로 몇 달 전 시중은행에서 퇴직한 인호 씨는 아직 자신에게 주어진 새로운 24시간의 리듬이 익숙하지가 않았다.

매일 출근하던 아침 8시부터 저녁 7시 퇴근할 때까지의 텅 비어버린 듯한 시간이 거센 밀물처럼 차고 넘쳐 도무지 감당이 되질 않았다. 물론 다른 퇴직 선배들처럼 사진찍기 등의 취미 생활로 빠지거나 자본이 별로 들지 않는 창업을 이것저것 생각하고는 있지만, 지금 당장은 아무것도 구체적으로 떠오르지가 않았다.

"은행이라는 완벽한 시스템이 갖추어진 온실에서 나온 사람이 창업을 하면 거센 야생의 세계에서 필패한다."라는 게 아내인 민숙 씨의 지론이라 아직은 심중에서 요모조모 굴리고만 있는 생각이었다. 아내인 민숙 씨가 여러 번 주변에 은행에서 퇴직한 선배들의 삶을 보면서 내린 경고성 충고라 타당하기도 했다.

여느 때처럼 보수적인 시각에서 나라 걱정을 하면서 9시 뉴스를 보던 인호 씨가 그날은 갑자기 소파에서 벌떡 일어섰다.

"여보! 우리 앞으로 어떻게 살지?"

아내 민숙 씨는 나라 걱정인줄 알고 심드렁하게 대구를 했다.

"아, 입만 열면 저마다 나라를 위한다고 말하는 정치인들이 알아서 하겠지, 우리가 걱정한다고 뭐 달라져요?"

"아니, 그게 아니고, 우리 돈이— 월급이 없어서— 앞으로 어떻게 사느냐고!"

인호 씨는 매달 25일에 들어오던 월급이 없어진 통장이 머리를 가득 채웠다. 자신이 은퇴자가 된 상태가 마치 입금 기재란이 빈칸인 통장을 보는 듯하게 실감으로 후려치듯 다가왔다. 민숙 씨는 저번 달 26일쯤에도 같은 행동을 보인 남편을 떠올리며 이제는 가장이란 속박에서 벗어났음을 인정하고, 퇴직을 받아들이라고 격려해주고 싶었다.

"아, 여보! 당신이 월급에서 떼어서 저축한 국민연금이랑 내가 들어둔 연금저축으로 충분히 살 수 있어요. 애들도 학교 졸업하면 어디든 취업을 해서 자기 앞가림은 할 거구요."

"그런가? 매달 들어오는 월급이 없어도 우린 지금처럼 가끔 여행도 하고 뜨거운 물이 나오는 아파트에서 살 수 있는 건가?"

민숙 씨는 치밀한 은행원으로 30여 년을 일한 인호 씨가 그런 돈 계산을 안 해 봤을 리도 없고, 노후자금이 확보되어 있다는 사실을 알면서도 불안에 시달리는 이 은퇴 초기의 시간이 빨리 지나가길 바랄 뿐이었다.

"우리 가족이 이렇게 안정되게 살아갈 수 있도록 당신이 은행원으로 외길을 걸으며 미래를 닦아온 거잖아요!"

민숙 씨의 차분한 말에 인호 씨의 얼굴이 조금은 풀어지는 듯했다. 인호 씨는 다시 소파로 가서 앉으면서 깊은 숨을 내뱉었다.

"여보, 이제 당분간은 당신 건강이나 챙기고 긴장을 좀 풀어 보세요. 애들이랑 아빠 퇴직 파티를 정식으로 안 해서 당신이 퇴직을 실감하지 못하는가 봐요. 이번 주말엔 해방된 아빠를 축하하는 멋진 식사 모임 한 번 합시다!"

민숙 씨는 그러나 다음달 26일쯤이 되면 매달 25일 월급을 받던 남편이 다시 저녁에 소파에서 벌떡 일어나서 "우린 앞으로 어떻게 살지?"라고 말할지도 모른다고 생각했다.

남자에게 직장은 평생 참 떼어내기 어려운 완장이라고 생각했다.

가면성 우울증

민자 씨는 그날 밤, 집의 식탁에서 술에 취해 엎드려 있었다. 그날은 금요일 밤이었는데 민자 씨는 집에 식구들이 아무도 안 온다고 생각했다. 남편은 부모님을 뵈러 고향으로 갔고, 하나뿐인 딸은 그 좋다는 S전자에 다니는 재원이라 회사가 있는 수원에서 원룸에 살며 출퇴근을 하고 있었다. 딸은 보통 토요일 오후 집에 잠깐 들르곤 했는데 그날따라 오후에 서울 사무실로 외근을 나온 김에 바로 퇴근을 해서 연락도 없이 집에 온 참이었다.

민자 씨의 딸 소민 씨는 엄마의 그런 모습을 보고 깜짝 놀랐다. 식탁 위에는 위스키와 물병, 빈 잔이 어지러웠다. 엄마는 자신이 집에 들어섰는데도 모른 채 정신을 거의 잃다시피 한 상태로 식탁에 엎드려 있는 게 아닌가!

"엄마, 엄마! 이게 무슨 일이야?"

고개를 든 민자 씨의 얼굴은 눈물범벅이었다. 눈은 충혈되고 머리카락은 엉클어졌지만 다행히 정신을 잃은 것 같지는 않았다.

"아, 울 딸 왔네? 이 시간에 웬일로 집에 왔니? 엄마가 오늘 술 좀 마셨어."

"왜 엄마, 오늘 가게에 무슨 진상손님이 있었어?"

민자 씨는 10여 년 전에 남편이 갑자기 심근경색으로 쓰러지고 후유증으로 뇌졸증 증상을 얻으면서 다니던 회사를 그만두게 되자 지금까지와는 완전히 다른 삶의 벽들과 마주쳤다. 그때 고등학교에 다니던 딸 소민이를 보며 제대로 살아야 한다고 다짐한 민자 씨는 가장 자신이 있는 메뉴로 작은 밥집을 차렸다. 잔치국수, 김밥, 비빔밥 3가지의 단출한 메뉴지만 인근 직장인들이 솜씨를 인정해준 덕분에 빨리 자리를 잡았다.

이젠 종업원 2명을 둘 정도로 밥집은 커졌고, 대학을 졸업한 딸 소민이도 좋은 회사에 취직했고 노후생활을 위한 연금도 충분히 들어줄 정도는 되었다. 남편은 여전히 말과 보행이 불편한 상태라 더 나빠지지 않기만을 바라는 형편이었다.

그런데 민자 씨는 40대 중반에 장사를 시작해 50대 중반이 된 이즈음 무언지 모르게 억울한 심정이 가득 찼다.

"소민아! 엄마가 요즘 너무 가슴이 울렁거리고 기분을 종잡을 수 없어서 동네 신경정신과에 갔더니 '가면성 우울증'이라고 하더라."

가면성 우울증? 소민 씨는 굳이 설명을 안 해도 그 단어만 들어도 증상을 알 것 같았다.

지난 10년 동안 엄마가 살아온 시간의 단층을 헤쳐 본다면 그런 증상이 생길 만도 했다.

봉급쟁이 부인으로 얌전한 전업주부였던 엄마가 갑자기 손님을 상대하는 일을 하게 되었고, 성공하려고 몸부림치는 과정에서 얼마나 많은 가면을 쓰고 웃음과 친절을 보였겠는가 말이다.

건강하고 돈 잘 버는 남편을 둔 친구들이 골프가방을 메고 나갈 때 새벽바람에 싱싱한 재료를 구하러 가락시장으로 향하던 엄마의 내면은 어떠했을까! 자기 힘으로 벌어먹고 산다는 떳떳함보다는 고달픈 신세를 탓하는 마음이 컸을 텐데 그것을 누르고 가장이 되어 가정을 꾸려나가는 괴로움이 얼마나 컸을까!

소민 씨는 가슴이 먹먹했다.

"엄마, 실컷 울어요. 손님에게 친절하게 보이기 위한 웃음이 아니고, 쌓인 괴로움을 다 떨치는 울음이요. 누가 뭐래도 엄마는 자기 힘으로 살아가는 멋진 여성이에요! 그리고 이젠 좀 쉬어도 되구요. 한 한 달쯤 밥집 문 닫고 저랑 여행을 떠나요. 제가 회사에서 연차휴가 다 긁어 모으면 2주쯤은 될 거예요."

민자 씨는 딸의 권유처럼 일단 휴식을 하며 멀리서 자신의 삶을 바라보기로 했다.

아줌마의 힘

추석이 들어있는 9월이 오자 명자 씨는 신바람이 났다. 현재 58세로 본인 표현대로 환갑이 낼모레인 명자 씨가 신이 난 까닭은 올해도 집에서 멀지 않은 곳에 있는 대형마트에서 자신을 추석 특판기간 동안 임시직으로 뽑아주었기 때문이다. 명절을 앞둔 마트는 전쟁터를 방불케 하는 풍경이지만 그 역시 익숙한 게 명자 씨였다. 명자 씨는 40대 내내 마트에서 정규직으로 일했던 베테랑 계산원이었다.

그래서 마트에서 추석과 설 특판기간에 경력자들을 보충해서 임시직으로 쓸 때마다 명자 씨는 일을 해왔다. 50대에 들어서 애들이 다 대학을 가고 나자 명자 씨는 '애들 학원비'라는 절실한 목표가 사라져서인지 몸이 여기저기 아파와서, 남편의 월급에 맞추어 살기로 하고 마트 일을 그만두었다.

명자 씨도 한때는 일을 안 하고 남편이 벌어온 돈으로만 살아가는, 그것도 일견 돈 걱정이 없어 보이는 여자들을 부러워했다. 지금이라고 그 마음이 아주 사라진 것은 아니나, 마음만 먹으면 일을 할 수 있는 건강함이 우선 누군가에게 고마웠다. 유전자의 힘이라면 부모님에게 고마워해야 할 터이고 자신이 관리를 잘한 결과라면 자신에게 자부심을 가질 일이다.

여전히 붙박이 정규사원으로 일하고 있는 40대 아줌마들을 보자 명자 씨는 괜히 격려를 해주고 싶은 마음이 들었다. 애들이 초등학교에 입학했다고 낮시간 동안 파트타임이나 교대근무를 하던 후배 아줌마 직원들 몇몇은 아직도 계산대에서 한층 빨라진 손놀림으로 능숙하게 일을 하고 있었다.

명절을 앞둔 터라 카트마다 물건이 넘치고 카운터 앞에는 줄 꼬리가 길었다. 계산원들은 피곤에 절은 게 분명한데도 연신 웃으며 응대를 했다. 진상손님을 만나도 웃음을 지어야 하는 그 속내가 계산작업보다 힘들다는 걸 누구보다 잘 아는 명자 씨라 자신보다 젊은 판매, 진열, 계산원 아줌마들을 볼 때 마음이 짠했다.

저쪽 3번 계산대에 경옥 씨가 보였다. 명자 씨는 아까 휴게실에서 받은 박카스를 들고 경옥 씨에게 다가갔다.

"어머! 명자 언니, 올해도 어김없이 오셨네요."

밝게 웃으며 인사를 하는 경옥 씨의 표정에 명자 씨는 안심을 하며 박카스를 건넸다.

"이거 마시고 힘 내! 몸은 이제 다 돌아온 거지?"

"네, 요즘은 가끔 확인하려만 병원에 가면 돼요."

경옥 씨는 몇 년 전에 갑상선암 수술을 받았고, 상태가 좋아지자 다시 마트에 일하러 온 터였다. 그래도 아직 완치 판정을 받은 상태가 아니니 집에서 주부 노릇만 하면 좋겠는데 형편은 그렇지가 못했다.

"전 힘들어도 열심히 일하는 소박한 언니들이 많은 마트가 일하기 좋아요."

"그래요, 나도 지금은 일 안 하다가 이렇게 바쁠 때만 일하지만 경옥 씨 나이 때는 마트 내의 모든 일을 다 했잖아. 남자들도 힘들다는 진열까지 다 해봤어. 마트 일이라면 훤하니까 그나마 나이가 들어도 필요할 때 불러주는 거야."

"저도 나름대로 마트 전문가가 되려고 판매부터 포장 진열, 계산까지 돌아가며 다 해보고 있어요."

명자 씨는 마트에서 허리를 붙잡고라도 일하는 아줌마들이야말로 여전히 야무지게 살아가는 여인군단임을 다시금 느꼈다. 지난날, 최저임금을 놓고 사측과 협상을 할 때 보여주었던 마트 아줌마들의 협동심과, 그러면서도 파국을 막으려던 애사심을 아직도 잊지 못하고 있었다. 추석이 끝나고 자신의 특판직이 끝나서 소비자로서 이 마트를 찾을 때 다시금 경옥 씨를 만나서 이렇게 말해주고 싶었다.

"아줌마, 마트 직원 경옥 씨! 그대가 있어서 진정 고맙습니다."

보험 아저씨

그날은 봄바람이 유난히 불어댔다. 시험장으로 발길을 옮기는 경호 씨의 발길도 마음도 그리 가볍지만은 않았다. 경호 씨는 보험회사 FP(재무설계사) 자격시험을 보러 가는 길이었다. 지난 몇 달간 이 시험을 준비하며 보험회사에서 출석교육을 받았고 코로나로 시험은 교실이 아닌 운동장에서 치러진다고 했다. 조선시대 과거시험도 아니고, 백일장도 아닌데, 대학교 운동장에서 시험을 치르게 되다니 참으로 진풍경이었다.

신중년 요즘 세상

경호 씨는 56세에 중견기업에서 퇴직하고 나자, 100세 시대를 살아가는 자신에게 무한 선택권이 있는 것도 같고 사방이 막혀있는 것도 같았다. 퇴직 후의 삶은 미리미리 준비해야 한다고 누누이 들었지만, 어떻게 되겠지 하는 막연함 속에서 시간을 보냈고, 넥타이와 책상과 컴퓨터를 떠나서 무슨 일을 할 수 있을지 아직 자신감이 없었다.

연금을 탈 때까지의 앞으로 9년간 고정적인 수입이 없다는 게 불안의 가장 큰 근원이었다. 그나마 경기도에 있는 작은 상가에서 월 100만 원 정도의 월세를 받는 게 유일한 고정수입원이었다. 연금을 탈 때까지 생활은 더 검소하게 한다쳐도 아직은 아이들이 대학교를 다니는 시기라 교육비도 필요한 상황이었다. 부인 민숙 씨는 너무 걱정하지 말라면서 당장 같은 아파트 단지 안에서 엄마들이 직장에 다니는 유치원생의 등하원 도우미 일을 할거라고 계획을 밝혔다.

"내가 애들 좋아하니까 그리 힘들지는 않아요. 게다가 애들이 유치원에 가 있는 동안에는 시간이 자유로우니 하던 운동도 계속할 수 있고요. 너무 애처롭게 보지 말아요."

경호 씨는 남편의 퇴직이라는 상황에 얼굴 찡그리지 않고 그런 준비를 한 부인의 강한 생활력에 안심이 됐지만, 아이들 다 키워놓고 한참 재미있게 친구들과 어울려 즐길 나이인 50대 중반의 아내를 일터로 다시 나가게 하는 게 마음이 무거웠다.

이 일 저 일 알아보던 경호 씨는 친구의 권유로 보험설계사 시험을 준비했고, 오늘은 코로나로 시험이 2달 만에 치러지면서 야외인 운동장에서 책상 간격을 멀찍이 놓는다고 했다. 50분간 시험에 60점 이상이면 합격이고, 기출문제를 열심히 풀어본 덕에 그리 어렵지는 않았다.

바람에 날리려는 시험지를 팔로 누르고 OMR카드에 답을 밀려 쓰지 않도록 조심하는 게 더 어려웠다. 시험을 마친 경호 씨는 여전히 바람이 불어대는 운동장을 나와 터덜거리며 몇 걸음 걸었는데 민숙 씨에게서 전화가 왔다.

"여보, 시험 끝났어요? 나 지금 당신 시험 보는 대학교 운동장 앞쪽에서 기다리고 있어요. 같이 점심 먹어요."

예상치 못했던 전화에 경호 씨는 따뜻한 물살에 잠기는 것처럼 마음이 평안해졌다. 교문 가까운 곳에서 민숙 씨가 손을 흔들었다. 은퇴한 남편의 심사를 섬세하게 헤아려주는 아내가 정녕 고마웠다.

"당신 이제 보험 아저씨 되는 거예요?"

아! 그렇구나! 보험 아저씨! FP라는 명칭은 재무설계사란 영어의 약자지만 결국 보험설계사에 대한 거부감을 줄이기 위해 차용한 명칭이었다.

"당신은 사람 좋아하고 계산도 정확하니 보험 아저씨로 성공할 거예요."

경호 씨는 바로 그날 저녁 6시에 합격을 확인하고, 부인 민숙 씨의 짐짓 과장된 신뢰에 기대어서 보험 아저씨로 첫발을 내디뎠다.

요양보호사 민주 씨

요양보호사…… 요즘 사방에서 들리는 명칭이다. 어느 집에서 노모를 요양병원에 모셨는데, 그 요양보호사가 아주 잘한다더라, 누구네는 집으로 하루에 3시간씩 요양보호사가 와서 노인요양 등급을 받은 노부모를 돌봐주고 있다더라…… 보수는 얼마라더라, 이렇게 중년 모임에서는 노부모님 화제가 나오면 빠짐없이 등장하는 직업이 요양보호사였다.

올해 57세가 된 민주 씨는 건강이라면 자신이 있었다. 밝은 성격에다 누군가를 돌보는 일을 좋아하고 잘했다. 남편이 아직 직장에 다니고 아들과 딸은 미혼 직장인이라 지금이야 말로 삶의 새로운 장을 펼치기 적기인 것 같았다. 다른 전업주부들처럼 여행과 운동에 몰두해 즐겁게 살아가려고도 했는데, 그건 좀 더 나이가 들어도 가능할 것 같았다. 민주 씨는 왠지 모임에서 자꾸만 듣게 되는 요양보호사 일이 자신의 적성에 맞을 것 같았다.

요양보호사 일을 해도 좋을까? 아이들과 남편이 반대하지는 않을까? 하는 걱정이 먼저 들었으나 "당신이 힘들 텐데? 험한 일인데 엄마가 힘들지 않을까?" 정도로 그치고 잘할 수 있을 거라는 격려가 더 컸다. 민주 씨는 그다음날 당장 학원에 등록을 하고 공부를 시작했다.

이론수업, 실기수업, 현장실습을 합쳐서 240시간을 공부하고, 필기시험과 실기시험을 다 합격하고 드디어 6개월 만에 요양보호사 자격증을 손에 쥐었다. 원하는 공부라서 그랬는지 민주 씨가 생각하기에도 일사천리로 진행이 됐다. 상장 크기의 종이 한 장에 불과했지만 국가가 인정하는 자격증이라고 생각하니 제법 자부심이 생겼다. 민주 씨는 집에서 가까운 거리에 있는 이른바 노치원이라고 불리는 데이케어센터에서 일을 하게 됐다.

오전 9시에 노인들을 태운 버스가 정말 유치원처럼 센터 앞에 도착하면 남자 복지사와 함께 어르신들의 하차를 도와 중앙 활동실로 모시고 와서 하루의 일정이 시작된다. 민주 씨는 음악수업을 담당해서 간단한 동요나 가요 등을 가르쳤다. 몸이 불편해서 휠체어에 앉은 어르신들도 그 순간만은 눈을 반짝이며 흥미를 보인다.

선창을 하는 민주 씨의 입 모양을 보며 열심히 따라서 부른다. 그러면서 "우리 선생님은 노래도 참 잘해요. 다 어디서 배웠대요, 선생님?" 하며 자꾸 선생님이라고 불러서 민망하기도 하고 그 이름값을 해야 한다는 의무감도 생겨났다.

식사시간에 수저와 입이 엇박자가 돼 자꾸 흘리는 어르신의 손을 잡아드리다가, 치매를 앓다가 돌아가신 어머니가 울컥 떠올랐다. 어머니도 이렇게 초기부터 좋은 곳에서 치료와 재활을 했으면 좀 더 오래 사시지 않았을까…… 또한 어쩔 수 없이 남편과 자신의 노후 모습도 그려졌다. 맘대로 되는 건 아니지만 흔히 하는 말처럼 죽는 날까지 건강해서 타인의 도움 없이 살다 가면 좋겠다는 소망이 그것이었다.

저녁 6시쯤 하루 일과를 마치고, "선생님, 안녕히 계세요"라고 비교적 또렷이 의사표현을 하는 김 할머니와, 편마비가 와서 얼굴 오른편이 불편하지만 오른팔을 조금 들어 인사를 하는 박 할아버지를 퇴원 버스에 태워드리고 돌아서는 발걸음이 가볍지만은 않았다.

그래도 민주 씨는 저 어른신들이 이 노치원에 오시는 날까지는 살아 있음의 기쁨을 조금이라도 드리고 싶다는 마음을 다잡았다.

넥타이를 다시 매고 싶은가

윤식 씨는 옷장문을 열어서 등산
복을 찾다가 한쪽에 줄줄이 걸려
있는 형형색색의 넥타이를 쳐다보게 되었다. 아직도 사회적 완
장에 대한 미련처럼 넥타이가 옷장에 제법한 공간을 차지하고
있다. 서울 시내 지점의 부지점장으로 발령받았을 때 친구가
선물한 노란 넥타이는 아직도 새것 같았다. 이젠 언제 다시 출
근길 넥타이를 매어 볼까…… 한때는 넥타이를 푸는 게 소원
이었는데 이젠 다른 집 혼사로 결혼식에 갈 때 말고는 딱히 넥

타이를 맬 경우가 없어졌다.

평생 농사를 짓고 사신 부모님의 소원이 큰아들인 윤식 씨가 대학을 나와 넥타이 매고 책상을 차지하는 직장인이 되는 것이었다. 그에 순응하듯 택한 은행원이란 직업도 2년 전인 60세에 정년을 했다. 은행에서 퇴직 후 한때는 넥타이를 다시 매기 위해 사무직 일자리를 열심히 알아보았다.

제2 금융권도 기웃거려보고, 중소기업의 회계감사 자리도 지원해 보았지만 현실적으로 면접까지 가기는 어려웠다. 사방이 벽이었다. 그러다가 어느 순간, 그런 일은 여전히 넥타이가 어울리는 젊은 사람들이 역시 더 잘하리라는 생각이 들었다.

창업도 생각해 봤지만 주변 사람 모두가 말리는 바람에 주저앉고 말았다. 넥타이를 매지 않고도 할 수 있는 소일거리를 찾고, 운동과 취미생활을 하자는 결론을 내리자 욕심이 없어지고 마음이 편했다. 요즘은 집 근처 초등학교에서 방과후 지도교사로 1주일에 2번씩 나가서 바둑을 가르치는데 약간의 수고료도 받지만 총명한 요즘 초등학생들을 가르치는 게 의외로 상당히 재미와 보람을 주었다.

윤식 씨는 그 노란 넥타이를 꺼내 아내에게 보여 주었다.

"이 넥타이를 승진 기념으로 받았을 때만 해도 내가 영원히 잘 나갈 줄로 착각했다니까……"

이제는 이렇게 웃으면서 말할 수 있게 여유가 생겼지만 퇴직 직후에는 한동안 상실감에 빠져 무기력하게 지내기도 했다.

그런데 아내도 넥타이라면 할말이 많은 듯했다.

"당신이 직장생활을 할 때는 넥타이가 마치 주인에게 충성해야 하는 개가 걸고 있는 목줄 같다고 한시바삐 풀고 싶다고 했잖아요. 집에 들어서자마자 한 손으로 넥타이부터 풀어헤치는 모습이 얼마나 안쓰러웠게요. 아침에 단정히 넥타이를 매고 나가는 모습이 멋있어 보였다면, 퇴근 후에 넥타이를 푸는 모습은 하루분의 피곤에서 한시바삐 탈출하려는 모습이었어요."

그런데도 윤식 씨는 묘하게 넥타이를 매지 않는 옷을 입은 후 한참 동안이나 목 주변이 허전하고 서늘했다. 아내는 지금의 삶에 만족하라며 짧은 이야기를 들려 주었다.

"당신, 이런 이야기 알아요? 미국 증권가에서 하루 종일 빳빳한 넥타이를 매고 일하면서 최고의 보수를 받는 애널리스트가 스트레스에 치여서 멕시코의 바닷가로 휴가를 갔대요. 거기사는 건강한 중년의 어부가 왜 그리 돈을 버는데 골몰하냐고 물었대요. 그 애널리스트는 나중에 돈을 많이 벌고 나서 은퇴하면, 이런 바닷가에 집을 짓고 하루 종일 어슬렁거리면서 살고 싶어 그런다고 답했대요. 그랬더니 그 어부가 웃으며 나는 당신이 돈을 벌어 최종적으로 살고 싶은 삶을 그리 애쓰지 않고도 이미 살고 있다고 말했대요."

윤식 씨는 아내가 들려준 이야기의 진의를 알 듯 말 듯했다.

K장녀

큰언니가 입원한단다. 유방암 초
기란다…… 윤미 씨는 믿을 수가
없었다. 나의 큰언니도 아플 줄 아는 사람이었어? 나의 큰언니
는 언제나 아플 줄도 모르고 아파서도 안된다고 스스로 말한
사람 아니었어?

3녀 1남의 셋째 딸인 윤미 씨는 흐르는 눈물 속에서 자신의
버팀목이 스러지는 기분이었다. 어린 시절 윤미 씨네는 강원도
에서도 오지에 살았는데 딸 셋에 맨 마지막에 아들 하나라 전

형적인, 아들 선호 패턴인 집안이었다. 조그만 간장 종지에 참기름 한 숟갈과 계란 노른자 한 개를 띄운 그것을 아침마다 남동생에게만 주는 엄마를 보면 윤미 씨는 그 종지를 달랑 엎어버리고 싶었다.

그럴 때마다 큰언니는 "내가 나중에 돈 많이 벌어서 너한테 계란 한 판씩 팍팍 삶아주고 부쳐줄게"라고 달랬지만 윤미 씨는 서운함이 가시지 않아서 괜히 엄마에게 성질을 부리곤 했다. 큰언니가 먼저 서울로 가서 산업체 고등학교를 졸업하고 취직한 뒤 세 동생을 불러들였다.

큰언니가 봉제공장에서 벌어온 돈으로, 두 칸짜리 전세방에서 윤미 씨와 작은언니는 고등학교를 다녔다. 작은언니도 졸업한 뒤 바로 취업을 하고 학자금을 대줘서, 남동생과 딸 셋 중 유일하게 막내인 윤미 씨만 대학을 갈 수 있었다. 집안에서는 큰언니의 희생을 '맏이'라며 당연시했고, 윤미 씨 역시 그렇게 생각했다.

그러나 윤미 씨가 결혼을 하고 나이가 들어가면서 큰언니의 삶이 곧 '형제들의 어미'로서의 삶이었단 걸 깨달았다. 큰언니의 희생으로 대학교를 졸업하고 중학교 선생님으로 살면서도 여전히 큰언니의 도움은 절대적이었다. 아예 큰언니네 아파트

다른 동으로 이사를 해서 윤미 씨네 아이 둘은 이모밥을 먹고 자란 셈이었다.

큰언니의 마음 씀은 늘 웅숭깊었다. 큰언니네 집은 부엌도 넓고 냉장고 2대에다 김치냉장고도 2대가 있었다. 그곳은 곧 일가의 반찬 제조창이었다. 큰언니네 식구 4명에다 세 동생네 가족 10여 명이 먹을 반찬이 다 그 집 냉장고와 김치냉장고에 들어 있었다. 갖가지 반찬과, 철철이 간장 된장은 물론이요, 진짜 감자 옹심이와 배추전을 모일 때마다 내어놓는 큰언니는 우렁각시에다 강철 체력을 더한 여자라고 생각했다.

그런 맏딸을 일컬어 K팝, K푸드처럼 K장녀라고 한단다. 윤미 씨가 들은 바 K장녀는, 가족에 대한 무한한 책임감, 심각한 겸손함, 습관화된 양보가 특징이라고 한다. 어쩜 큰언니와 완전히 일치하는 미련스런 덕목들이 아닌가!

그런 큰언니에게 기대어 60살 가까이 살아온 윤미 씨는 큰언니의 병마를 믿을 수가 없었다. 수술 날짜가 다가오자 울먹이는 동생들에게 큰언니는 짐짓 명랑한 목소리를 냈다.

"다행히, 초기고, 수술만 하면 곧 괜찮다니 걱정들은 말아. 내가 할 일이 좀 많아야지."

그래, 큰언니. 큰언니만이 할 수 있는 일이 이 집안에는 너무 많아, 난 못해. 큰언니가 다시 건강해져서 해줘…… 윤미 씨는 이런 울음 섞인 답을 삼켰다. 큰언니가 수술하는 날, 윤미 씨는 큰형부와 조카들보다 더 빨리 병원에 도착했다. 병상에 누워 수술실로 들어가는 큰언니를 향해 "언니, 언니, 큰언니……" 끝없이 불렀다.

지난 세월 친정 식구와 가족을 위해 고통을 표현하지 못한 채 희생을 해온 응어리가 큰언니의 가슴에 맺힌 것만 같아 목이 메어왔다. 큰언니가 수술을 잘 마치고 퇴원을 하면 넓은 들판을 같이 걸으면서 이젠 그만 가벼워지라고 말해 주고 싶다.

너의 희망이 무엇이냐?

55세 경호 씨는 요즘 편의점 알바 생이다. 일반 사무직으로 중소기업에서 일찍 퇴직을 하고 나니 기술도 주특기도 없는 악조건이라 일을 하고 돈을 벌려면 창업을 해야만 하는 형편이었다. 창업 설명회다 스타트업이다 이곳저곳 기웃거리기는 했는데 자본금이 적은 처지라 아직 모색 중이었다.

마침 편의점을 운영하는 친구로부터 저녁부터 다음날 아침까지 야간 알바를 해줄 수 있겠냐는 연락이 왔다. 편의점 점주라면 사장님임은 분명하지만 실상은 본인과 가족과 알바까지 동원돼야만 제대로 돌아가는 게 24시간 편의점이었다.

밤에 야간 영업을 도와주던 친구의 대학생 아들이 군대에 가게 돼서 믿고 맡길 사람이 필요하다는 요청이었다. 경호 씨는 그 편의점에서 이틀 동안 수습사원(?)으로 계산기 포스 찍는 법부터 물건 관리까지 배우고 나서야 일을 시작할 수 있었다.

손님들이 매대에서 골라오는 물건들을 계산만 해주는 편한 일인줄 알았더니 일인 가게의 특성상 모든 관리와 물류의 흐름을 알아야 했고 특히 김밥, 샌드위치 같은 신선식품의 유통시간 관리가 쉽지 않았다.

한 달이 지나 일이 좀 익숙해지자, 낮에도 가끔 근무를 했고 자연히 편의점을 이용하는 손님들의 부류와 특성을 파악하게 되었다. 흔히 보는대로 늦은 밤 슬리퍼에 츄리닝을 입고 와 유통시간이 임박한 1＋1로 판매하는 삶은 달걀과 샌드위치 등을 사 가는 혼족들, 이른 아침에 들러 다이어트용 샐러드와 두유 등을 사 가는 직장인 아가씨들, 저녁에 편의점 밖 간이 테이블에서 맥주를 마시는 남자들 등 시간대별로 손님들 구성이 달랐다.

그중에서 가게를 가장 활기차게 해주는 존재는 학교가 끝나고 학원에 가기 전에 주로 컵라면과 주먹밥을 사 먹는 중고생들이었다. 와르르 몰려와 2개를 구매하면 3개를 주는 사발면을 사서 맛있게 먹는 모습을 보고 있자면 중고등학교 때 혼자 하숙을 하면서 간식을 사 먹을 돈이 궁했던 기억이 났다.

그래도 면소재지에서 작은 구멍가게와 밭농사로 어렵사리 살림을 꾸려가던 부모님이 근처 도시에 하숙을 시키며 중고등학교를 다니게 해준 고마움에 다시금 울컥했다.

경호 씨가 중학교 때였다. 주말에 집에 돌아와 학교에서 나누어준 가정환경조사서를 작성하다가 어떤 직업을 가지고 싶냐는 칸에 '좋은 남편과 아버지'라고 잔뜩 추상적인 답을 써놓았다. 그걸 보신 어머니는 "남자 직업은 월급 따박따박 나오는 공무원이 최고"라며 공무원으로 바꾸어 쓰라고 명령 아닌 명령을 했다.

자식의 꿈마저 좌지우지하려는 게 아니라 가난에서 최소한 벗어나라는 간절함이 묻어나는 명령이었다. 월요일 학교에 가서 제출할 때 얼핏 보니 반 이상이 공무원이나 회사원이라고 쓴 것 같았다.

경호 씨는 지금 자신이 부모님의 바람대로 공무원이 되었다면 아직도 근무를 하면서 월급을 따박따박 받았겠지만 55세에 퇴직을 했기에 또 다른 일을 모색하고 준비할 시간이 주어졌다고 생각했다. 이 세상 모든 제품과 인간 군상의 축소판인 편의점에서 일을 해보는 게 무언가 세상에 대응할 경험과 지혜를 축적시켜 주었다.

앞으로 어떤 일을 하던 자신이 중학교 때 희망했던 '좋은 남편과 아버지'도 되고 어머니가 희망했던 '월급' 그 이상의 월급을 가져다주리라는 희망을 품어보았다. 경호 씨는 구석 탁자에서 시선은 스마트폰 화면에, 입은 컵라면 가닥을 물고 있는 중학생 녀석에게 작은 봉지김치를 가져다주면서 그 대가로 꼰대 아저씨 티를 내며 말했다.

"학생, 맛있게 먹고 학원 가서 공부 열심히 해. 부모님 말씀도 잘 듣고……"

변화하는 가정과 가족

제사 물려주기? 끊기?

안방에서 달력을 쳐다보던 박 여사의 표정이 급작스러울 만큼 우울해지기 시작했다. 4월 마지막 주 금요일에 시할아버지 제사라고 크고 붉게 동그라미가 쳐져 있기 때문이다. 제사 한 번 치르려면 2주 전부터 괜시리 몸과 마음이 동동거리고 쉽게 지쳐버렸다. 김치도 새로 담그고, 생선도 미리미리 말려두어야 했다.

이런 세월이 벌써 30년째라 박 여사는 이제 제사라면 조상에 대한 예의니, 친인척 간 화목이니, 자손발복이라는 등 모든 원천적인 의미들이 미사여구로만 들려왔다. 효성스런 자손 역할보다는 제사 한 번 치르고 나면 아픈 자신의 팔다리와 허리를 우선할 때가 된 것 같았다. 지난번에 설날 차례를 지내고 한층 심해진 허리 통증으로 병원에 갔더니 의사는 조금만 더 심해지면 허리신경 차단 시술을 해야 될 수도 있으니 조심하라는 경고를 했다.

더구나 요즘은 남편의 이중적인 태도에 더 화가 났다. 이제 곧 아들이 결혼을 앞두고 있는데 며느릿감이 집에 인사차 왔다가 간 뒤에 제일 먼저 하는 말이 이랬다.

"우리 아들한테는 제사를 물려주지 말아야겠어. 며느릿감을 보아하니 계속 직장에 다닐 것 같은데 힘들어서 못할 것 같네."

직장에 다니는 꽃 같은 며느리는 제사 준비로 고생시키고 싶지 않다는 얘기였다. 박 여사는 기가 막혔다. 그럼 지금까지 제사 준비가 얼마나 힘든지 뻔히 알고 있으면서 짐짓 모르는 체하면서, 박 여사는 돈 못 버는 전업주부니까, 최씨 집안 며느리의 도리 운운하며 불만을 아예 원천봉쇄하는 전법을 써왔다는 말이었다. 이참에 박 여사는 집안 남자들에게 제사의 실상을 경험하게 할 계획을 세웠다.

3대 제사 모시기로 효부 소리를 듣던 친구에게서 아주 효율적으로 제사 재인식 방법을 들은 적이 있는데 이번 기회에 실천해볼 요량이었다.

"아들 며느리한테 제사를 물려주지 않으려면 죽을 때까지 내가 지내야 할 모양인데, 내가 죽고 난 이후에는 제사를 지내든지 말든지 자식들이 알아서 하구요. 당장은 이젠 이 박 여사가 늙어가는 몸이라 당신 도움이 없으면 안 돼요. 연습도 할 겸 이번 할아버님 제사는 최씨 집안 남자들이 다 장만해서 지내보세요. 어차피 젯상에 절도 못하는 남의 자식인 나는 잠시 여행 떠날게요."

박 여사는 일체 자문에 응하지 않을 것이라며 남편에게 포고하듯 말했다.

"그동안 제사 지내면서 당신도 본 게 있으니 웬만큼은 하겠지요?"

기습을 당한 박 여사의 남편은 반박의 말을 하지 못했다. 박 여사는 제사 전후 2일간 친구들과 한창 꽃이 피는 남도여행을 가기로 했다.

제사를 꼭 끊어버리자는 게 아니라 어차피 며느리를 본다 해도 자신이 제사를 준비할 것이고 직장에서 퇴근한 며느리가 도리를 한답시고 부엌에 왔다갔다 하는 모습도 원하지 않았다.

도리나 예의가 몸과 마음에 가학행위가 돼서는 안 된다는 게 박 여사의 생각이었다.

남편에게서 제사의 미래에 대한 의견이 나온 지금, 집안 남자들이 스스로 자신들의 조상 제사를 준비하고 지내보면서 개선점이나 방향전환 등을 할 수 있는 경험의 기회를 만들어야 한다는 계획이었다.

그리고, 이 방법을 가르쳐준 친구의 말에 의하면 "여자들이 제사지내는 게 그렇게 힘들다면 우리 남자들이 지낼 테니 걱정 말라구. 그까짓 나물 몇 가지 무치고 전 한 접시 굽는 것 가지고 힘들다고 야단이야" 이렇게 말했던 친구의 남편은 2년 동안 기제사, 명절 제사 등 8번의 제사를 지내고 나더니 이렇게 말했다는 것이다.

"이제 우리집도 조상 기리는 방법 좀 바꾸어야겠어."

그후 친구네는 명절 차례는 간단히 준비해 간 음식으로 산소에서 지내고, 기제사에는 조상의 사진을 놓고 가족끼리 식사하는 규모로 바뀌었다고 한다. 예정대로 제사 전날 친구들과 함께 남도에 내려가 여수 밤바다에 취해 있던 박 여사는 아무쪼록 조상 제사의 근본정신은 지키되 시대의 흐름에 맞는 개선안이 자신의 집안에서도 나오기를 바라마지 않았다.

비혼자식 바라보기

62세로 조그만 봉제공장을 운영
하는 한 사장님은 오랜만에 토요
일 아침에 가족 모두 아침밥을 먹는 자리를 맞이해 기분이 흐
뭇했다. 잘 자라준 두 아들을 보자 정말 밥을 안 먹어도 배가
부를 정도였다. 그 어렵던 80년대의 봉제수출의류 하청공장에
서 시작해서 지금은 대기업의 안정적인 하청공장을 운영하고
있어서 별 위험 없이 노후까지 굴러갈 수 있을 것 같았다.

집 있고, 먹고살고, 등록금 걱정 없이 자식들을 교육시킨 자신의 지난날이 꿈만 같다고 가끔은 고생하던 시절 친구들과 술잔을 들었다. 시골에서 어렵게 고등학교를 졸업하고 상경해 갖은 고생을 한 자신과 달리 아들들은 편하게 원하는 공부를 할 수 있었던 게 가장 큰 보람이었다. 중소기업이지만 어엿한 정규직 사원인 큰아들과 작년에 경찰 공무원이 된 작은아들이 볼수록 뿌듯했다.

이제 아들들이 결혼해서 잘사는 모습을 보면서 '노년의 꽃'이라는 손주들을 곁에 두고 만나는 삶이면 족하다 싶었다.

오늘 아침밥을 다 먹기 전까지 한 사장님은 아무런 걱정이 없었다. 적어도 아들들의 폭탄선언을 듣기 전까지는 말이다. 모처럼 느긋한 아침 식사 후에 사과와 커피까지 곁들여진 후식 시간이었다.

먼저 큰아들이 운을 떼었다.

"엄마 아버지, 드릴 말씀이 있습니다. 저 당분간은 결혼 계획이 없습니다. 결혼한다고 해도 제가 알아서 아주 늦게 할 계획입니다."

지금 33살인데 아주 늦게라면 도대체 몇 살을 얘기하는 것인가. 한 사장님의 머리가 계산으로 복잡해지려는 데 30살 먹은 작은아들이 결정타를 날렸다.

"엄마 아버지, 형이 늦게라도 결혼한다니까 저는 결혼 안 해도 되지요?"

이 애들이 도대체 무슨 소리를 하는 건지, 한 사장님은 어리둥절했는데 아내는 그래도 평소에 아들들과 얘기를 좀 더 나누는 덕분인지, 아니면 아들들이 세뇌공작을 하는 탓인지 내가 이런 날이 올 줄 알았다 라는 체념에 찬 표정으로 앉아 있었다. 큰아들은 미리 손사레를 치며 한 사장님의 첫 번째 질문을 봉쇄해 버렸다.

"아, 뭐 제가 정신적 육체적으로 문제가 있는 건 아니구요."

그럼 무슨 이유냐고 물어보려는 데, 의외로 아내가 먼저 조건 제시를 하며 거의 읍소를 했다.

"집값이 너무 비싸서 그런 거야? 우리가 좀 보태줘도 안 되겠니?"

큰아들은 그런 문제가 아니라고 말했다. 결혼은 선택할 수 있는 하나의 사회제도일 뿐이지 인생의 필수 관문이 아니라고도 했다. 작은아들은 결혼만 안 하면 그 시간과 돈으로 많은 경험을 하면서 즐겁게 살 수 있는데 구태여 결혼이 왜 필요하냐는 게 아닌가. 사람들, 특히 부모 세대들이 인생을 결혼한 자와 결혼하지 않은 자로 나누는 이분법적 사고에서 벗어나야 한다

신중년 요즘 세상

고도 말했다.

한 사장님과 아내는 결혼의 이론에 통달한 듯한 아들들의 그 말을 다 알아들어 보려고 했다. 알아듣고 이해해 보려고도 했다. 그러나 다른 사람은 몰라도 내 자식이 요즘 유행한다는 '비혼주의자'라는 사실은 여전히 받아들이기가 어려웠다.

아직은 저런 모든 쓰잘데기없는 이론을 바꿀 수 있는, 진짜 사랑하는 여성을 만나지 못해서 그럴 뿐이라고 결론을 내리고 아들들의 마음이 바뀌기를 기다리기로 했다.

이유를 알았네

50대 후반인 여인들로 속칭 미녀 4총사인 영미, 윤자, 금희, 난영은 여고 동창생들이다. 충청도의 한 여고 출신들인 4인방은 고향을 떠나 서울에 사는 터라 더 돈독한 우정의 만남을 수십 년째 이어오고 있다. 남편들과 같이 만나서 술과 밥을 먹는 모임도 매년 몇 차례는 하는 정도고 서로의 자식 얘기, 부모님의 근황 등 가정사도 훤히 알고 있는 친밀한 사이다. 둘만 낳아 잘 기르자는 구호가 나부끼던 시절에 결혼을 해서 그런지 다들 무슨 법령을 엄격히 준수하듯 자녀는 둘씩을 낳았다. 그 8명의 자식들 중 금희의 둘째 딸이 올해 마지막으로 대학에 입학했다.

이제 명시적인 자녀양육에서 벗어난 그녀들은 즉시 오랫동안 꿈꿔왔던 계획을 실행에 옮기기로 했다. 바로 3년 동안 적금을 부어오며 준비해온 여자들만의 해외여행이다. 장소는 요즘 가장 핫한 여행지인 스페인과 포르투갈로 정했다. 그동안 애들의 방학을 이용해 잠깐씩 남편이나 아이들과 함께 제주도나 강원도를 다녀온 적은 있지만, 이제 여자들만의 해외여행이라니 계획모임부터 자유롭고 즐겁기 그지없었다.

유명 여행사에 패키지로 신청을 하고 출발이 사흘 정도 남은 시점에서 그녀들은 사전 준비 모임을 가졌다. 햇살이 뜨겁다는 스페인에서 멋지게 어울릴 모자도 새로 사고 햇살과 주름을 동시에 가려주는 선글라스도 이참에 새로 장만했다. 투우도 구경하고 플라밍고 춤을 보면서 칵테일도 한잔하는 일정이 끼어 있다니 바야흐로 멋진 해외여행이 눈앞에 코앞에 다가와서 기분이 둥둥 떠 있었다. 그런데 영미가 걱정스런 말을 꺼내면서 분위기는 순간 가라앉기 시작했다.

"막상 떠나려니 애들은 걱정 없는데 남편이 마음에 걸리네."

"걸리긴 뭐가 걸려. 다 큰 남편이 뭐가 마음에 걸려. 남편이 뭐 애기냐?"

"울 남편은 자기 정년퇴직하고 같이 유럽 여행가면 안 되냐고 아예 통사정을 하더라니까."

"울 남편은 말로는 자기 걱정 말고 재미있게 놀고 잘 다녀오라고는 해. 근데 영 억양에 진심이 담기지 않았어."

"왜 그런걸까? 아무튼 울 남편도 혼자 열흘 정도야 먹는 건 사방에 깔린 마트와 편의점, 배달 이용해서 잘 살 수가 있다고 말은 해."

"그러면서도 은근히 가는 걸 싫어하는 눈치야."

"애들은 학교다 직장이다 바쁘다고 집에서는 잠만 자니까 얼굴 보기도 힘들잖아. 아무래도 열흘이나 혼자 지내려니 외로워서 그런 거 아닐까?"

"아휴, 무슨 신혼이라고 외로움 타령이야. 그냥 눈에 안 보이게 다 해주던 서비스 못 받으니까 불편한 것뿐이지."

"우리가 앞으로도 이렇게 긴 여행 가려면 이번 기회에 남편들한테 적어도 전기밥솥이랑 세탁기 사용법은 가르쳐줘야 해. 공대 나왔다는 사람이 세탁기도 사용할 줄을 모르니 말이야. 세탁기하고 전기밥솥 버튼 위에 사용 순서대로 번호를 붙여놓을 작정이야. 설마 순서대로 번호야 누를 줄 알겠지."

신중년 요즘 세상

"왜 싫어할까?"

"왜 선선히 가라고 하지 못할까?"

이런 긴긴 난상토론 끝에 미녀 4인방은 답을 얻을 수 있었다. 어찌보면 짐작할 수 있는 합리적 사유의 집합이라고 하는 게 맞을 것 같았다.

남편들은 그녀들만의 여행을 〈불편해서 싫어하는 것〉임을 말이다.

남자의 눈물

퇴근 후 집에서 저녁 밥상 앞에 앉은 박 부장은 오늘도 콩으로 만든 반찬이 없어서 밥맛이 다 떨어질 지경이다. 평소에 박 부장이 좋아하는 반찬은 콩을 주재료로 만든 게 많았다. 어릴 때부터 밥 위에 듬뿍 얹어먹던 구수한 청국장이며, 순두부찌개, 두부조림, 짭쪼롬한 콩자반, 두부새우젓국찌개 등 맛도 좋고 건강에도 좋은 음식이 콩 요리 아니던가? 당신이 콩으로 만든 음식을 좋아해서 고기를 위주로 먹는 집보다 식비가 적게 든다고 말한 사람은 바로 아내가 아니던가?

그런 아내가 요즘 근 한 달째 콩으로 만든 반찬을 상에 올리지 않고 있었다. 박 부장은 남자가 쪼잔하게 반찬타령한다고 핀잔을 받을까 봐 참고 참다가 오늘 저녁에는 드디어 유감을 표시했다.

"요즘 왜 두부조림이나 청국장이 통 밥상에 안 올라 오는 거야? 콩값이 산지에서 폭등을 했나, 아니면 누가 매점매석을 해서 씨가 말랐나?"

서운해서 말을 하다 보니 어설픈 경제 논리가 나온 꼴이라 다소 머쓱하기도 했다. 그런데 아내의 대답은 전혀 예기치 못했던 내용이었다.

"그게…… 수진이가 당신이 텔레비전 드라마 보면서 우는 걸 여러 번 봤나 봐요."

수진이는 박 부장의 고등학생 딸이다.

"근데, 내가 드라마 보면서 감정이 격해서 좀 울었기로서니 콩하고 무슨 관계야."

"수진이 애기로는 콩 요리에는 여성 호르몬이 많아서 아빠가 너무 일찍 여성화되어 가는 것 같다고 좀 끊어보라고 하더라구요. 남자들이 갱년기가 되면 여성 호르몬이 나와서 괜히 감정이 예민해지고 턱없이 우울해진대요. 당신도 가만 보면 젊었을 때는 집안일은 일절 내몰라라 하던 사람이 요즘은 시시콜콜 참견하는 경향이 생겼더라구요."

"언제는 콩에 식물성 단백질이 풍부하다고 많이 먹으라며? 그런 비과학적인 건강정보를 맹신해서 콩으로 만든 반찬을 싹 빼버린 거라구?"

박 부장은 딸하고 주말 연속극을 보다가 중년의 남자 주인공이 가족들에게 비장한 음색으로 "나, 암에 걸렸어" 하고 밝히는 장면에서 자신도 모르게 눈물을 주르륵 흘리긴 했었다. 곁에 딸이 있다는 이성적 판단을 할 새도 없이 자동반사적으로 눈물이 흘렀다.

박 부장은 지난 시간 속에 수많은 괴로움과 어려움을 이겨냈기에 오히려 그것이 극복의 대상이란 뿌듯함이 있었다. 그래서 시골 출신으로 대기업 부장이란 지위까지 왔는데, 요즘은 그 자부심과는 별도로 당시에 느꼈던 괴로움이 슬픔으로 변해서 수시로 찾아왔다. 운전을 하고 가면서 라디오에서 유재하나 김광석의 노래가 흘러나오면 거의 꺼이꺼이 울기까지 했었다. 한참을 서럽게 울다가 민망해서 참, 동석자가 있었나 하고 옆자리 뒷자리를 쳐다보기도 했었다.

박 부장은 유재하나 김광석이 부르는 인생과 지나간 청춘에 관한 회오의 노랫말들이 어찌나 가슴속에 파고드는지 그 어떤 시로도 대체할 수 없다고 생각했다.

　그런데 앞으로 여성 호르몬이 조금 분비되어서 정서적으로 좀 더 풍부하게 살아간대도 나쁠 것은 또 무엇인가? 콩으로 만든 반찬도 마음껏 먹고 감성도 회복하면 좋은 현상 아닌가? 그리고, 아내와 딸도 이왕이면 이제 아빠로서 남편으로서, 나약한 갱년기 타령을 하기보다는 완숙한 삶의 시기를 맞아 비로소 타인의 삶에 대한 공감능력이 커졌다고 말해주면 안 되는가?

　박 부장은 그렇게 외치고 싶었다.

선진국에서 자란 애들

서울에 사는 50대 후반 윤 여사는 20대 후반인 딸애가 돈을 쓰는 행태가 도무지 마음에 들지 않았다. 약대를 졸업하고 무사히 제약회사에 취직해서 직업이 있는 소위 커리어 우먼이 된 건 좋은 일이지만 자기 힘으로 돈을 벌기 시작하고부터 돈을 쓰는 방법이나 목적이 다 언짢기만 했다.

회사의 월차다 여름휴가다 하면서 휴가 때마다 가까운 동남아라도 여행을 꼭 가질 않나, 워라벨이니 소확행이니 하면서 먹고 마시고 여행하고 취미 생활하는데 돈을 많이 썼다. 대학 시절 배낭여행부터 시작해서 세계가 좁아라 하고 여행을 하니, 요즘 애들은 막상 결혼을 하면 신혼여행을 갈 새로운 나라가 없다는 말이 나올 법도 했다.

버는 대로 적금을 들어 결혼비용 마련이나 착실히 하면 좋으련만 돈을 모으는 것 같지 않아 어쩌고 있냐고 물어보면 다 알아서 한다는 대답만 돌아왔다. 취직을 못해 집에서 용돈을 받아쓰는 애들도 있다고 해서 꾹 참고는 있지만 언젠가 한번은 돈을 쓰는데 브레이크를 걸어야 한다고 벼르고 있었다.

그러나 그런 것보다 윤 여사가 가장 질색하는 습관은 딸애가 퇴근할 때 꼭 집 앞의 커피집에 들러서 '아아'라고 줄여서 부르는 아이스 아메리카노를 들고 집에 오는 것이다. 집에 와서 마시면 될 것을 집을 바로 코앞에 두고 왜 한 잔에 4천 원, 5천 원 하는 비싼 커피를 마시면서 들고 들어와야 하는가 말이다. 그 커피가 담긴 종이컵은 또 얼마나 크고 튼튼한지 윤 여사는 딸애가 마시고 난 빈 컵을 잘 말렸다가 근처 공원에 갈 때 쓰곤 했다.

하루는 또래 친구가 놀러 와서 주방 싱크대 위에 말리려고 엎어놓은 그 종이 커피컵을 보게 되었다.

"너 저거 뭐야?"

"딸애가 거의 매일 저 컵에 커피를 담아와서 마시는데 아까워서 버릴 수가 없어. 도대체 뭔 폼으로 바로 집 앞에서 비싼 커피를 마시면서 온다니 그래?"

"너 그거 아직 모르는구나. 우리 아들딸들이 태어난 때가 언제야? 88년 올림픽 이후에 태어난 애들이잖아. 우리나라가 그때부터 고속적으로 성장하고 세계의 주목도 받기 시작했잖아. 그리고 솔직히 너랑나랑도 애들 잘 먹고 잘 입혀서 번듯하게 키우고 교육시키는 데 몰빵하고 살았잖아. 우리가 태어났던 60년대 초반은 어땠어, 우리만 해도 다 지방 소도시 출신이잖아. 그땐 서울 가는 기차만 봐도 마음이 설레었지. 여행 자유화 전이라 나라 바깥은 구경도 못하고 나이가 먹었는데 애들은 다르잖아."

"그럼 우린 후진국에서 태어난 셈이고 애들은 선진국에서 태어난 셈인 거야?"

"뭐 태어날 때는 선진국은 아니었대도 애네들이 근 30년간 자라오면서 엄청난 속도로 발전해 왔으니 웬만한 가정형편인 애들은 거의 선진국형으로 커왔다고 볼 수도 있지."

"그래서 돈에 대한 태도가 그렇게 틀린가? 내가 보기엔 뭐 자신을 위해서는 돈을 막 쓰는 것 같애."

"너랑 나랑은 돈은 아끼고 모으는 것, 즐기는 것은 돈을 어느 정도 모은 다음이라고 생각했고, 우리 애들은 그래도 문화를 소소하게 배우고 즐기면서 커왔잖아."

"그래서 일상에서 당장 누리는 즐거움은 절대 포기 못하는 건가? 이해를 할 것도 같고 뭔가 애들이 미래는 생각하지 않고 감각만을 쫓으며 허당으로 살고 있는 것도 같고 잘 모르겠다."

친구가 가고 난 뒤에도 윤 여사는 골똘하게 생각에 잠겼다. 오늘 저녁에도 선진국에서 자란 딸이 질 좋은 종이컵에 아이스 아메리카노를 담아오면 조금 남겨 달라고 해서 한 모금 맛을 보고 역시 컵은 씻은 후에 잘 말려서 다시 쓸 참이다.

부인의 사교육비

둘째인 딸애가 대학교에 합격하던 날 명식 씨는 어깨가 가벼워지다 못해 가슴속에 얹힌 묵지근한 돌덩어리가 다 떠내려간 것처럼 온몸과 마음이 홀가분했다. 명식 씨가 대학을 안 다녀서 학벌에 한이 맺혀서는 아니고, 이젠 그 지긋지긋하고 부담스러운 사교육비가 들지 않을 터라 그 점이 너무 좋았다.

첫째 아들과 둘째 딸에게 무슨 고액과외를 시킨 적은 한 번도 없었지만, 초등학교 입학 때부터 시작된 태권도, 수영, 피아

노 등의 특기과외비와, 월급에서 최우선 지출항목이던 중고등학교에서의 학원비는 늘 벅차기만 했다. 교육열 대국에서 최소한이라도 소위 그 사교육비를 대느라고 뻔한 월급에서 나머지 생활은 늘 근검절약 모드로 꾸려갈 수밖에 없었다.

다행히 두 애들의 학비는 회사에서 보조가 나오고 애들 용돈은 편의점이나 식당의 써빙 알바를 해서라도 스스로 해결해 간다니 이제 좀 여유 있게 살아보나 싶었다. 그래서 그런지 부인 금옥 씨도 지난달에 그동안 고3인 딸애 뒷바라지를 하며 시간제로 일하던 옷가게 판매직을 그만두었다. 이제 애들 학비가 안 들어가니 노후준비란 것도 시작하고 시간 나면 같이 우리나라 이곳저곳을 여행하면서 살아가나 싶었다.

그런데 어느 날 저녁 금옥 씨는 예상하지 못한 말을 했다.

"여보. 이제부터 한 달에 50만 원 정도씩 학원비를 쓰기로 했어요."

"왜? 애들이 또 무슨 학원비를 보태달라고 해?"

"그게 아니고 이젠 나를 위해서, 내가 알고 싶고 배우고 싶은 분야들을 공부해 보려구요. 우선 영어회화, 사진찍기 클럽, 이런 거부터 시작하려구요."

명식 씨는 아차! 싶으면서 부인 금옥 씨의 오랜 열망을 헤아리지 못했음을 미안하게 생각했다. 물질적으로 럭셔리한 삶은 아닐지라도 정신적으로 풍요로운 삶을 살게 해주고픈 지아비의 마음도 동했다.

"대찬성이야! 아직 머리가 돌아갈 때 배우고 싶은 거 다 배워. 그럼 이제 애들 사교육비는 끝났고 당신 사교육비가 한 달에 50만 원쯤 드는 거네."

명식 씨는 자신이 부인 금옥 씨의 전폭적인 후원자가 된 듯 호언을 했다. 그러자 금옥 씨가 살짝 웃으며 말했다.

"당신 말은 그렇게 해도 돈 걱정이 되죠? 걱정 마세요. 내가 지난달까지 옷가게에서 일하며 번 돈은 다 모아 놨어요. 그 돈으로 공부할게요."

명식 씨는 야무진 금옥 씨의 준비 태도에 놀라고 있었는데 더 놀라운 건 다음 말이었다.

"아, 근데 여보. 내가 꼭 학구열만 만족시키는 건 아니구요 장래 대비도 하고 있어요."

"뭘 또 다른 것도 배우나?"

"요즘 부인들 사이에선 산후육아 도우미 자격증이랑 요양보호사 자격증은 기본이랍니다. 앞으로 내 몸만 건강하다면 집안에서 손주도 제대로 볼 수 있고, 집 밖에서 돈도 벌 수 있는 꼭 필요한 자격증들이거든요. 그것도 공부하고 실습해서 자격증 받을 예정이에요."

명식 씨는 '그러면 그렇지' 하고 고개를 끄덕이며 현명한 금옥 씨에게 박수를 보냈다. 몇 달 뒤 아침 출근길에 명식 씨는 짐짓 돌아서서 물었다.

"당신, 오늘은 뭐 배우러 가는 날이지?"

"어젯밤에 영어책에 코 박고 있는 모습 못 봤어요? 오늘 화요일이니까 영어회화 클래스가 있는 날이잖아요."

명식 씨는 영어회화 몇 달 하더니 수업을 클래스라고 표현하는 금옥 씨를 보며 이렇게 말했다.

"당신은 사교육 체질인가 봐. 중고등학교 때 그렇게 배운 영어로는 한마디도 입을 못 떼더니……"

부모님 댁 슈퍼마켓

결혼한 아들이 며느리, 손녀와 함
께 주말인 토요일 저녁에 정국 씨
집으로 왔다. 깡총거리며 현관에 들어서는 3살 난 손녀는 정말
사람꽃이라 할 만큼 귀엽기 그지없다. 한 달에 두 번 정도 온
가족이 주말 저녁에 밥을 같이 먹는데 가끔은 외식도 하지만
주로 정국 씨의 집에서 아내가 마련한 음식으로 식사를 하는
편이다.

정국 씨는 자신의 집에서 자신의 식탁에 둘러앉은 아들 내외

와 손녀, 아직 결혼하지 않은 딸과 아내, 이렇게 모두 여섯 명의 식구들을 둘러보자 마음이 뿌듯해져 왔다. 아내 역시 식사를 준비하느라 힘들기는 해도 한 주일 동안 있었던 이야기들을 주고받는 즐거움에 기꺼이 수고를 마다하지 않았다. 직장에 다니느라 주말에는 쉬려는 며느리만 꺼려하지 않으면 주말에 함께 식사하기를 작은 가족문화로 정착시키겠다는 게 아내의 야심찬 계획이었다.

점점 가족의 연대가 약해져 가는 시대에 아내의 의도는 아름다웠지만, 그다음 순서가 꼭 필요한지가 정국 씨는 늘 의문이었다. 아들네 식구가 제 집으로 돌아갈 무렵이 되면 아내는 이렇게 말했다.

"너네 오늘은 뭐가 필요하니? 우리 먹을 것 사면서 이것저것 좀 사다 놨으니 보고 가져가라. 당분간 먹을 만큼."

아내의 그 말이 떨어지기가 무섭게 아들 녀석이 며느리에게 물어본다.

"우리 포도랑 복숭아 다 먹지 않았나? 아까 그 병어조림도 맛있던데. 엄마, 그것도 몇 마리 더 있어요?"

며느리는 살짝 미안한 마음에 대답을 머뭇거리고 있는데, 아들은 벌써 냉장고로 다가가서 밑반찬통도 들어보고 넣고 야채랑 과일도 주섬주섬 꺼낸다. 마치 슈퍼마켓에서 장이라도 보는 폼새다.

"역시 우리 엄마네 슈퍼가 제일 좋네요. 내가 좋아하는 게 많아."

아내는 아들네가 가져가도록 아예 식재료를 많이 사들이고 밑반찬을 만들었고 아들네는 바쁘다, 엄마네 식재료가 좋다 등의 이유를 들먹이며 노골적으로 가져가는 것이다.

그 모습을 전지적 관찰자적 시점에서 바라보는 정국 씨에게 여러 가지 생각이 교차했다. 살아계시면 연세가 90줄일 자신의 어머니는 늘 당장 오늘 저녁 한 끼를 어떻게 식구들 입에 밥을 넣어주느냐에 마음을 졸여야 했다. 밥을 할 수 있으면 감사하고 다행이라 웃음을 띄우며 자식들 밥그릇을 챙겼다.

그런데 정국 씨의 아내만 해도 지금은 새로운 가족문화를 창달(?)하겠다는 거룩한 마음으로 주말에는 대식구밥을 기꺼이 하지만 웬만하면 집에서 밥을 안 하는 게 팔자 편한 여자의 상징처럼 생각을 했다.

정국 씨의 어머니는 돈도 쌀도 없어 밥을 못하게 될까 봐 늘 끼니때마다 걱정이었는데, 아내는 장 볼 돈도 있고 쌀도 빵도 많지만 대부분 밥을 하는 걸 귀찮아 해서 "둘이 집에서 해먹으면 재료값이 더 비싸니 간단히 나가서 먹읍시다"라고 은근히 채근하는 경우가 많았다. 아들네는 또 어떤가? 경제적으로 훨씬 풍요롭고 식재료도 사방에 넘쳐나지만 스스로 밥을 해먹는 횟수는 가장 적었다. 주중에는 회삿밥을 주로 먹고 주말에는 배달 음식이나 양쪽 부모님 댁을 오가며 먹고, 얻어가서 먹고 하니 그들에게 음식은 늘 있는, 그래서 갈급하지 않은 소비의 대상일 뿐인 것 같았다.

정국 씨는 집안 여인 3대의 먹거리에 대한 태도를 보며, 시대의 흐름을 거스를 수는 없다고 머리로는 받아들였지만 마음으로는 무언지 아쉽기도 했다.

서운하지만······잘 지내세요!

선미 씨는 죽은 여동생의 남편인 제부가 오랜만에 만나자고 전화를 해와서, 그러자고 약속을 정하면서부터 묘한 기류에 휩싸였다. 여동생은 3년간 자궁암 투병을 하다가 2년 전 인생 60살도 채우지 못하고 세상을 떠났다. 100세 시대에 충분히 살지 못하고 떠나간 동생을 생각하면 아쉽고 안타까운 회한에 아직도 가끔 멍한 시간이 엄습해 왔다. 선미 씨는 삶의 덧없음과 더불어 인간관계의 유한성을 받아들여야 했다.

제부는 동생이 떠난 후 아직도 그 아파트에서 혼자 살고 있었다. 하나 있는 딸인 선미 씨의 조카는 작년에 결혼한 터라 제부는 말 그대로 혼자 살고 있는 처지였다. 선미 씨가 가끔 냉장고에 반찬을 채워주고 가족 식사 때 같이 부르기도 했지만 그나마 이즈음에는 제부가 불편해하는 기색이 보여서 다소 소원하게 지내고 있었다.

커피숍에서 제부를 기다리던 선미 씨는 들어서는 제부의 활기찬 모습에서 흐릿한 예감이 뚜렷해지는 느낌을 받았다. 제부가 여동생과 동갑이니까 올해로 59살이겠구나, 아직은 남자지, 그런 생각을 했다. 그리고 모든 일이 그렇듯 좋지 않은 예감은 맞아 들어갔다.

"제가 다음달에 결혼을 합니다."

그 말을 하는 제부는 마치 동생과 결혼하겠노라고 집에 찾아왔던 시절로 되돌아간 것 같았다. 말쑥한 차림새와 자신감 있는 표정에선 동생이 집과 병원을 오가면서 입퇴원을 반복하고 주위 사람이 모두 지치도록 투병하던 시절에 보았던 그 침울함이란 찾아볼 수가 없었다. 선미 씨는 하얘지는 머릿속을 정돈하며 가까스로 대답을 했다.

"그렇군요……그렇군요, 결국 그렇군요……"

그러면서 죽은 동생을 향해 "이러려고 넌 그렇게 남편의 입성과 먹성을 지극정성껏 챙기는 현모양처였었어? 바보 같으니라구, 병은 왜 걸려, 악착같이 살았어야지" 이런 말을 종주먹을 들이대며 마구 지껄이고 싶었다. 제부는 자신이 아직 남자임을 말하고 싶어 했다.

"아시다시피 애엄마 투병기간 3년에다가, 떠난 지 2년 됐으니까 이제 혼자 산 지가 5년이 되어 갑니다."

선미 씨는 투병기간에도 아내 역할을 하지 못했음을 계산에 넣는 제부가 얄미웠는데, 합리화의 구실을 찾는 사람의 계산법이려니 했다.

"그 사람과 저와의 인연은 2년 전 그때까지였나 봅니다."

선미 씨는 처가의 대표로 자신을 생각하고 제일 먼저 통보를 하는 제부의 마음을 이해하고 받아들여야 한다고 머리로는 이해를 했다. 그러나 이성적인 머리보다 감정이 우선 아니던가. 일차원적인 궁금증을 기어이 터뜨렸다.

"언제부터 알던 여자분이에요?"

말의 의도를 알아차린 제부는 당당히 말했다.

"아, 예 몇 개월 전에 소개받았습니다. 제가 나이가 있고 여자분이 나이는 많지만 초혼이라 걸리는 게 없어서 빨리 결정을 했습니다. 서운하시겠지만 이젠 새생활을 해보겠습니다."

선미 씨는 여동생이 남편 때문에 병을 얻은 것도 아니고, 제부가 투병기간 동안 소홀히 한 것도 아니기에 진심의 소멸이라기보다는 이제는 떨쳐야 할 시간이 도래했음을 받아들여야만 한다고 되뇌었다. 사람의 인연이란 전부 유한한데 부부의 인연은 2년 전까지였다는 제부의 논리를 받아들이자고 마음을 먹었다.

"그래요, 좋은 사람이 있다면 당연히 새롭게 살아가셔야죠. 그래도, 그래도, 왠지 서운하네요……"

잘 지내세요! 라는 작은 축복의 말을 끝내 하지 못한 채 커피숍을 나선 선미 씨의 뺨에 자신도 알지 못할 눈물이 흘러 있었다.

"나는 할빠입니다"

오랜만에 고등학교 동기생 친구들
끼리 모인 저녁 식사 자리인지라
분위기도 화기애애하고 술맛도 나건만 민규 씨는 왠지 좌불안
석이다. 아직은 현역에서 일하는 친구들이 있는 60대 초반의
나이인지라 저녁 모임의 시작 시간도 7시였다.

민규 씨는 1차만 끝내고 일어서도 집에 가면 9시가 넘는다
는 생각이 뱅뱅 돌았다. 59세쯤 정년을 채우고 회사에서 은퇴
해서 취미 생활 말고는 재취업을 하지 않은 민규 씨는 현역 친

구들과의 만남이 사회에 대한 감각을 유지시켜 주거나 추억을 불러들여서 좋았다. 특히 고등학교 동기생들이라면 가치관이 상당히 비슷해서 미묘한 정치나 경제 현안에 대해서도 서로 얼굴을 붉힐 일이 없는 기분이 좋은 모임인지라 웬만해선 빠짐없이 참석하는 쪽이었다.

그런데 얼마 전부터 이런 저녁 모임이 시들해지고 말았다. 그 시점을 정확히 말하자면 6개월 전에 손자가 태어나서부터였다. 새삼 친구들을 돌아보니 환갑을 넘었는데 요즘 세태대로 자식들이 아직 결혼을 안 했거나 결혼을 했어도 아기를 낳지 않은 비율이 더 높았다. 손주가 있는 친구는 민규 씨 자신을 포함해서 3명뿐이었다.

"야, 근데 요새 경식이는 왜 모임에 안 나오냐? 어디 아픈가."

"아니, 걔 요즘 딸내미네 딸 봐주느라고 꼼짝도 안 하잖아."

"딸내미네 딸이면 외손녀인데 할머니들은 다 뭐하고 할아버지인 경식이가 애를 봐?"

"친할머니는 지방에 살고, 우리도 알다시피 경식이 마누라는 젊었을 때부터 몸이 약하잖아. 그래서 경식이가 아침부터 아예 가까이로 이사 온 딸네집으로 출근한대."

"요즘 그런 집이 많긴 해."

10명이 넘는 친구들은 대놓고 말은 못하지만 새로운 세태를 어찌 받아들여야 할지 나도 앞으로 그렇게 해야 하는 건지 미묘한 표정을 지었다.

"남자가 애기를 보면, 얼마 전만 해도 할아버지는 신문 보고, 아빠는 핸드폰만 본다고 아직은 멀었다고 하더니만 손주 육아가 우리 곁에 바짝 다가왔네."

화제가 손주 육아로 흘러가자 민규 씨는 뭔가 점점 다가오는 느낌이었다. 무슨 말을 하고 이 자리에서 빨리 일어설까를 궁리하던 민규 씨의 태도를 읽은 한 친구가 물었다.

"민규, 너 뭔 일 있냐? 왜 좌불안석이야?"

민규 씨는 이런 순간이 오기를 기다렸다. 창피한 사실도 아닌데 밝히지 못해 끙끙거릴 일이 아니지 않은가!

"나, 할빠야!"

"할빠가 뭐야?"

"요즘 국어사전에도 등재됐어. 아빠 역할을 하는 할아버지라는 뜻이야. 아들네서 손주 봤다고 너네한테 한 턱 쏜 지가 벌써 6개월 됐네. 그 후에 며느리가 손자 백일이 지나고 복직을 했어. 요즘 몇 달째 마누라랑 아들네 집으로 아침에 가서 고물거리는 손주 녀석 봐주고 저녁에 돌아오는 생활을 하고 있어."

민규 씨는 여기서 유머를 섞어가며 한 박자 쉬어가기로 했다. 자꾸 얘기해 봤자 아직 손주를 품에 안아보지 못한 친구들은 동조를 못할 터였기 때문이었다.

"여기서 질문 있는 친구? 무슨 의미가 있냐고 안 물어봐?"

손주를 먼저 본 친구가 역시 지원군이 되어 주었다.

"어휴, 큰일한다. 사실 1대를 건너뛴 할아버지 할머니의 격대교육이 애들한테도 안정감이 있고 좋다고 하더라."

"뭣들 하냐? 가문과 나라 발전을 위해서 육아에 전념하는 우리 친구 민규 할빠를 위해 술 한 잔 주고 빨리 보내자."

"맞아, 나 빨리 집에 가야 해. 애기 목욕을 끝내야 비로소 하루가 진짜 끝나거든."

지난 3개월의 할빠 생활이 가져온 변화에 민규 씨 스스로도 놀랄 지경이었다. 친구들에게 양해를 구하며 총총히 일어서는 민규 씨는 무슨 의미가 있냐고 물어봐 주지 않은 친구들에게 먼저 대답을 했다.

"나이 들어가면서 손자와 동행하는 삶을 살아가고 싶다. 지금의 내 행동이 그 밑거름이 될 거야."라고.

너무 친절한 경식 씨

이 얼마나 기다리던 부부 해외여행이던가! 윤자 씨는 중학교 선생님으로 은퇴한 남편 경식 씨와 패키지로 중국의 상해, 항주, 소주를 여행하기로 했다. 남편의 친구 부부 4쌍이 같이 가니까 총 8명이었다. 앞으로 해외여행을 자주하자며 팀워크이 어떤지 시험 삼아 가까운 중국으로 여행을 시작하기로 했다.

전업주부로 살아온 윤자 씨는 마침 하나뿐인 아들이 작년에 결혼을 한 터라 '연금남'인 남편과 오붓하게 중노년을 살아가는 것도 나쁘지 않다고 여기고 있었다. 게다가 경식 씨는 성격이 꽤나 다감하고 세심해서 퇴직 전에도 쓰레기 분리수거나 청소 등의 집안일도 잘 도와주었던 편이라 중노년의 동반자로선 후한 점수를 받을 만했다.

윤자 씨는 완공 후에 처음 와보는 인천공항 제2터미널이 넓기도 하고 최신 시설을 갖춘 멋진 장소라 이 나라 국민인 게 으쓱할 정도였다. 모 여행사 깃발 아래 모인 이번 패키지 인원은 총 20명이었다. 3박 4일을 같이 보낼 사람들이라 차림새나 분위기에 자연 관심이 갔다.

다른 사람들은 다 가족이었는데 50대로 보이는 여자 4명은 친구들끼리 온 것 같았다. 윤자 씨는 10살 정도 아래로 보이는 그 여자들이 자신보다 상대적으로 무척 젊어 보이는데 놀랐다. 여자들끼리 와서 들떠선지 행동도 더 자유로워 보였다.

게다가 예기치 못한 일이 벌어지기 시작했다. 그 여자들을 내내 유심히 보던 남편 경식 씨가 다가가더니 "짐가방 잘 부치셨습니까?"하고 물어보질 않나, "여행 많이 다니셨나봐요"라며 자못 관심을 보이는 게 아닌가!

아주 도와주질 못해 안달이 난 사람 같았다. 아니 다른 친구들은 다 가만히 부인 옆에 있는데 왜 혼자 그 여자들한테 관심인지 친절인지를 베푸는가 말이다. 중년 부인 4명이면 오죽이나 잘 알아서 수속하고 면세점을 확보할까 말이다. 윤자 씨는 저 여자들 다 알아서 할 거니까 쓸데없이 나서지 말라고 경식 씨에게 일침을 놓았다.

옆에 서 있던 친구가 빙그레 웃으며 "경식이가 원래 페미니스트라 여성들을 잘 도와줘요"라고 말하질 않나, 그 부인은 "어머나 최경식 샘 이제 보니 무척 친절남이시네요" 하고 웃지를 않나, 공항에 도착할 때의 기분과는 전혀 반대로 흘러갔다. 윤자 씨는 남편이 원래 바람기가 있었던가를 곰곰 되짚어가며 생각해 봐도 딱히 기억이 나는 사건이 없었다. 근데 왜 여자 4인방에게 과도한 관심을 보이는지 모를 일이었다.

몇 시간 후 항주에 도착, 서호에서 뱃놀이를 할 때는 친절한 경식 씨의 친절함이 더욱 빛을 발했다. 중국의 10대 절경이라는 서호답게 용의 머리를 가진 2층 유람선에는 사람이 넘쳐났다. 그 와중에 경식 씨는 여자 4인방의 사진을 아주 도맡아 찍어주고 있었다. 남들은 부부사진 찍기에 여념이 없는데 저게 무슨 행태냐, 싶어 속이 부글부글 끓었다.

그날 밤 호텔에 돌아와 윤자 씨는 더 이상 참지 못하고 드디어 당신 제정신이냐, 왜 그 여자들 따라 다니며 수발을 못 들어서 안달이냐" 하고 내뱉았다. 경식 씨는 의미심장하게 웃으며 한마디 했다.

"오, 우리 마누라 윤자 씨! 살아 있네! 질투심이 살아 있네! 당신 한번 자극하려고 좀 오버해본 거야. 예측대로 싫었나 보네. 당신 마음 알았으니까 내일부턴 다시 돌부처남으로 돌아갈게."

윤자 씨는 남자가 나이 들면 애가 된다더니, 퇴직 후 이제 삶의 여유를 찾아서 이런 엉뚱한 일을 벌이는가 생각하며 어이없는 실소를 했다. 게다가 질투심을 자극해서 확인하고 얻을게 뭐가 있냐고 물어볼 참이다.

낀세대-신중년의 명절 나기

지난 설날 며칠 전부터 정금자 씨에게 장바구니 금단증상이 나타났다. 수십 년간 지내던 제사를 지내지 않게 된 지 3년이 지났지만 제사 준비 장보기가 아니고 가족들이 설날 먹을 음식만 조금 장만하면 된다는 게 영 실감이 나질 않아 뭐를 안 샀나 하고 장바구니를 자꾸 들여다보았다.

40년 가까운 결혼 생활 동안 늘 명절은 우스갯소리처럼 '노동절'에 가까웠다. 결혼 이후 계속 지내온 시아버지의 제사는

3년 전부터 간단한 명절 차례로 대체되었다. 그 3년 전이라는 시점은 금자 씨의 아들이 결혼을 한 바로 그해고, 치매를 앓게 된 시어머니가 요양병원에 들어가게 된 그 즈음이었다.

예전 같으면 아들의 결혼이란 며느리를 들이는 일이요, 여자들이 가사노동으로 치러야 할 집안 대소사를 함께 해 나가는 절대적 조력자가 증원이 되는 셈법이었지만 요즘의 며느리는 그런 관점에서는 손님에 가까운 존재였다.

직장일에 바쁜 며느리가 제삿날 저녁에 잔뜩 미안한 표정으로 헐레벌떡 현관에 들어서는 모습을 몇 번 보고 나서 금자 씨의 남편이 결단을 내려서 구정과 추석에 지내던 제사는 성묘로 대체했고, 기일에 모시던 제사도 모인 가족들이 먹을 만큼의 음식을 장만해서 시아버님을 기리며 서로 덕담을 나누는 화합의 장으로 바꾸어 놓았다.

설날 먹을 떡국 준비만 간단히 하고 세뱃돈도 새 돈으로 준비하고 나자 정말 편안하고 즐거운 명절을 보낼 수 있을 것 같았다. 요양병원에 계신 시어머니를 면회갈 때 명절 음식을 맛보게 해드려야 할 것 같아 좋아하시던 동그랑땡을 좀 부쳤고, 간병인에게 줄 보너스까지 챙겼다.

그런데 느닷없이 아들의 부탁 전화가 왔다. 조금 눈치를 보는 것도 같았지만 들어줄 거라고 확신하는 것 같았다.

"우리가 이번 구정에 둘 다 회사에서 연휴 앞뒤로 며칠씩 휴가를 좀 얻었어요. 1년치 연차 다 긁어 모아서 좀 먼 나라 뉴질랜드로 가서 트레킹을 하고 올 예정입니다. 그래서 어머니가 윤서 좀 봐주시면 해서요."

금자 씨는 드디어 올 것이 들이닥쳤구나 싶었다. 평소에는 가까이 사는 윤서의 외할머니, 즉 안사돈이 손녀인 윤서를 돌봐주기 때문에 명절이라도 쉬게 하는 게 맞긴 했다. 그러나 구정 아침에 떡국 먹고 다같이 시어머니 면회를 하고 나면 홀가분하게 근교 드라이브를 하려던 계획은 다 뭉개야 했다.

갓 첫돌이 지난 귀여운 손녀지만 '내 방식대로 보내는 명절'의 꿈을 버려야 한다니…… 마지못해 "그러지 뭐"라고 승낙의 대답을 했지만 남편에게 볼멘소리를 하고야 말았다.

"아니, 아직 서울에 집 장만도 못한 애들이 무슨 해외여행이에요? 돈 좀 아꼈다가 집도 사고 애도 좀 크면 그때 실컷 여행을 가도 될 텐데, 당최 요즘 젊은 사람들은 무슨 생각으로 사는 건지……"

그래도 금자 씨 남편은 애들 편을 들었다.

"윤서 돌보는 거 내가 도와줄 테니 흔쾌히 허락해줘요. 애들이 직장생활하면서 잔뜩 쌓여 있던 스트레스를 여행과 트레킹으로 풀고 새 힘을 얻어오면 좋잖아. 지금 요양병원에 계신 어머니를 생의 말미까지 잘 돌봐드리고, 젊은 애들 잘 뻗어나가도록 도와주는 게 우리 할 일 아닐까?"

금자 씨는 낡은 굴레에서는 벗어났지만, 다른 굴레들이 얽혀오는 게 인생사인가, 뭐 이런 생각에 빠져들었다.

경로우대 받아들이기

1955년생인 윤자 씨는 생일이 3월이라 얼마 전에 만으로 65세가 되었는데, 65세 생일 며칠 전에 주민센터에서 우편물이 왔다. 주민센터의 옛 명칭이 동회라 아직 주민센터가 입에 붙질 않은 윤자 씨는 "동회에서 나한테 올게 없는데 뭐가 왔지?" 하며 봉투를 뜯었다. 수도권 전철을 무료로 이용하는 어르신 교통우대 카드를 발급받으러 오라는 내용이었다. 법정 만 65세 생일 바로 다음날부터 사용이 가능하다는 내용과 더불어 할인을 받을

신중년 요즘 세상

수 있는 기차표, 고궁, 영화관 등의 안내가 상세하게 나와 있었다.

윤자 씨는 '내가 살아온 날이 이렇게도 길었나? 나는 이제부터 경로우대를 받아야 하는 불편하고 약한 나이인가?' 하는 서운한 마음이 먼저 들었다. 3년 전에 먼저 경로우대 나이가 된 남편과 친정 언니도 이런 복잡한 마음이었을 텐데 별나게 내색을 하지 않았던 걸 보면 그들이 더 성숙하고 자신만 아직 늙음을 받아들이지 못하는가 싶기도 했다.

지난 시간에 대한 회한이 쌓여가는데 '경로'라는 단어는 앞으로의 시간을 온통 회색으로 덧칠하는 것 같은 고약한 기분을 주었다.

그러나 거울을 들여다보니 아직 얼굴에는 주름이 많지 않았고, 허리에 손을 얹어보니 여기가 허리요, 하고 허리선이 탄력은 없지만 남아 있었다. 남들은 절대 자신을 65세로 보지 않으리라는 자신감이 들었다.

일주일 후 윤자 씨는 집에서 가까운 지하철을 타고 친구들 모임에 가기로 했다. 지하철 역사에서 왠지 주변 사람들의 눈치가 보여서 이용객이 제일 적은 맨 끝줄에 서서 통과하는데 '삐빅' 하는 두 음절의 소리가 났다. 지금까지는 '삑' 하는 단음절이었는데 경로우대 무임승차는 '삐빅' 하는 두 음절의 소리가 나는 게 꼭 '이제부턴 인생 2막입니다' 하고 알려주는 것만 같았다.

게다가 지하철 역무원이 '저렇게 젊은 아주머니가 경로우대를?' 하는 의심의 눈길도 주지 않는 게 자못 서운했다. 그래서 지하철이야 지급받은 우대교통카드로 접촉을 하고 타니까 나이를 속일 수가 없다지만 신분증을 제시해야만 나이를 아는 영화관이나 공원에서 자신을 어떻게 보는지 윤자 씨는 잔뜩 궁금했다.

마침 남편과 함께 경기도의 한 자연휴양림을 가게 되었는데 벌써 경로우대 3년차에 접어든 남편은 당연한 듯 매표소를 그냥 지나쳐갔다. 그런 남편을 따라서 매표소를 지나 몇 걸음을 가던 윤자 씨는 되돌아왔다.

"저 주민등록증 보자는 소리 안 해요?"

매표소 여직원이 웃으며 물어왔다.

"아, 네. 올해 새로 경로우대 나이가 되셨나 봐요?"

윤자 씨는 고개를 끄덕였다.

"요즘은 경로우대 나이가 안됐는데 입장료 몇 천 원 아끼자고 속이는 분들도 없고요, 워낙 나이보다 젊어들 보이셔서 옛날 기준으로 보면 저분은 65세 안됐을 것 같은데 생각하고 주민등록증 보면 다들 65세가 넘었더라구요. 그래서 이젠 젊어 보이는 분들도 굳이 보자고 안 합니다. 그냥 본인이 경로우대요 하면 통과시킵니다. 왜요? 어르신도 내가 이렇게 젊어 보이는데 다른 사람들 눈에는 65세 이상으로 보이나 싶어서 서운하신가봐요?"

윤자 씨는 뭔가 속마음을 들켜버린 것 같아 몹시 겸연쩍었다.

"어르신이 기부하시는 셈치고 입장료 받을까요?" 하고 매표소 여직원이 웃으며 말했다. 윤자 씨는 아니라고 역시 웃으며 손사레를 치고 나서 저멀리 앞서 걸어가는 남편을 뒤쫓았다. 윤자 씨는 경로우대 초보의 시간을 이렇게 보내면서 서서히 순응해 나가야겠다고 생각했다.

점심밥, 졸업합니다

　　남숙 씨는 아침밥을 먹자마자 나갈 채비를 했다. 오늘의 스케줄을 주욱 머릿속에 떠올려 보았다. 오전 9시인 지금 집을 나가면 곧장 요즘 다니는 스포츠센타로 가서 요가 수업을 한 시간하고, 약간의 근력운동을 하고, 사우나에서 30분 정도 땀을 뺀 뒤, 그곳의 지인들과 함께 점심을 먹고 차를 마시며 이야기를 나누다가 저녁 찬거리 장을 봐서 집으로 돌아온다.

　　코로나 사태로 비록 마스크를 쓰고 회원들이 멀리 떨어져서 하는 요가 시간이지만, 휴장 후에 재개된 수업이라 그 시간이 더 소중했다. 집으로 돌아오는 예상 시간은 오후 5시이다. 오늘은 정말 무난하고, 힘들지 않고, 그런대로 활기에 찬 하루가 될 것 같았다.

요가복을 챙겨서 막 거실에 나온 남숙 씨는 거실에 앉아 아직도 아침신문을 읽고 있는 남편 경호 씨를 발견했다. 아차차······ 남편의 점심! 물어봐서 점심 약속이 없다고 하면 뭐라도 준비를 해놓아야 하는데······

"당신, 오늘 일정은 어떻게 돼요?"

매일 아침 대답을 기다리는 이 순간에는 알지 못할 고도의 긴장감이 돌았다. 전날 저녁에 미리 물어봐도 되는데, 요즘은 휴대폰이 있어선지, 남편 경호 씨의 친구들이 다들 퇴직하고 시간이 많아선지, 번개 일정도 많은 터라 미리 물어보는 게 은근히 외출을 종용하는 것 같아 무심한 척 일과를 물어보지 않고 있었다.

남숙 씨는 왠지 퇴직 전까지 열심히 살아온 남편이 집밥을 먹을 권리를 최소한이나마 지켜주고 싶어서 선뜻 바꾸지 못하고 있었다. 숨겨진 속마음에 화답이라도하듯 경호 씨가 밝은 음성으로 말했다.

"오늘은 고등학교 동창들끼리 당구 치러 가는 날이잖아. 점심 걱정은 말아요."

"그래요, 세상에서 제일 맛있는 게 당구장에서 먹는 자장면이라니 오늘 그거 먹으면 좋겠네요."

남숙 씨는 마치 선심을 쓰고 격려를 하는 듯한 자신의 말투가 본심을 숨긴 연극적이란 느낌 때문에 쓴웃음이 나왔다. 그런데 경호 씨는 할 애기가 있다며 잠깐 앉으라고 했다.

"벌써 내가 퇴직한 지 3년이나 됐네. 당신도 이제 60줄에 들어서고, 내가 남들처럼 편의점이나 치킨집도 안 차리고 주로 집에만 있으니 당신도 내 모습 보는 게 지겹고 밥공양도 힘든지 잘 알아. 근데 나는 회사 일할 때의 여독이 덜 빠졌는지 집에서 이렇게 신문이나 책을 읽고 집 근처를 산책하는 일과가 아직은 전혀 지겹거나 답답하지 않아. 내가 당신이 여행을 떠났을 때 몇 번 직접 해보니까 진짜 부엌일이란 게 수공업의 끝판왕이더라구."

남숙 씨는 무슨 말을 하려고 저러나 싶었는데, 경호 씨는 전혀 예상하지 못했던 태도의 변화를 선서했다.

"당장 내일부터 내가 혼자서 먹든 약속을 만들어서 친구와 먹든, 점심밥은 스스로 해결할 테니까 아예 걱정을 말아요. 당신이 내 점심밥에 신경 쓰느라 뭔가 하루의 중도 시간이 불편하다는 게 싫어. 당신도 내 밥 챙길 만큼 챙겼어. 정말이야. 주말이야 애들도 집에 올 때도 있고 하니까 계획대로 안되겠지만 적어도 주중 점심에는 각자 자유롭게, 정말 자유롭게 먹고 지냅시다!"

게다가 실질적인 예를 들어가며 아주 못을 박았다.

"내가 집에서 점심을 먹는 중에 당신이 들어온대도 따로 먹읍시다."

그걸 말하는 경호 씨나 듣는 남숙 씨 두 사람 모두 활짝 웃었다. 남편 경호 씨가 봉을 한번 휘익 돌리면 오랜 소망을 단번에 들어주는 요술방망이를 가지고 휘두르는 듯했다. 남숙 씨는 집을 나서면서 이제부터 전개되는 새로운 생활 패턴이 가져올 신바람에 발걸음이 무척 가벼웠다.

60대 남자가 배우지 못한 것들

사위가 집에 왔다. 아니 결혼한 딸
과 사위와 외손자가 같이 왔다. 결
혼하고 딸이 빠져나간 방이 썰렁하게 느껴졌던 것도 잠시, 어
느새 식구가 불어서 세 사람이 들어설 때는 현관 입구부터 떠
들썩했다. 돌이 막 지난 손자는 역시나 아빠품에 안긴 채 집으
로 들어선다. 아기를 안은 사위의 자세가 아주 자연스럽다. 아
기가 울자 사위가 가방에서 분유를 꺼내 역시나 익숙하고 차분
한 동작으로 먹인다.

그때 딸은 무엇을 하나 봤더니 제 엄마랑 한갓지고 우아하게 커피를 마시고 있다. 외손주가 생긴 뒤, 주말이면 형석 씨의 집에서 늘상 보는 장면이지만 형석 씨는 아직까지 마음 깊이 실감으로 받아들여지지 않았다.

　저녁밥을 먹고 나면 사위는 자기 앞의 그릇을 싱크대로 가져다 놓고 설거지를 돕는다. 아니 아예 손목 힘이 좋은 자기가 다 하는 게 효율적이라고 말하며 고무장갑을 찾는다. 처음엔 처가에 왔으니 처부모들 앞에서 좋은 남편 코스프레로 하는 행동이 아닐까 했는데 딸네 집에 가보면 음식부터 아예 같이 만드는 모습이었다. 형석 씨에게 요즘 말로 뒷통수를 치는 깨달음의 경지인 '현타'가 왔다.

　"저렇게 살아도 되는데, 난 왜 그렇게 아이들을 아내 손에서만 키우게 했을까? 게다가 아내가 애 둘을 키우면서 중학교 선생님 하느라 동동거리며 그리 바빴는데 제사까지 꼬박 지내게 하면서도 그걸 당연하게 알았으니. 남자는 생밤이나 까고 제사상만 펴면 다 되는 줄 알았으니……"

　형석 씨의 고교 동창들과 얘기를 나누다 보면 모두들 집안 살림을 너무 모르고 가족 중 유독 아들과 친밀감이 떨어진다는 공통점이 있었다. 이제는 대학생 이상이지만 친구들도 아들이 중고교 시절에는 다들 어려움을 겪은 모양이었다. 한 친구는 아들이 대화를 거부한 채 3일 동안 방문을 걸어 잠그는 통에 망치로 문을 부수고 들어갔다고 하고, 한 친구는 아들이 중학생일 때, 이렇게 아버지 말 안 들을 거면 나가라고 했더니 정말 가출을 해서 혼이 났다는 경험담이 쏟아졌다.

형석 씨도 나이 60이 넘어 좀 여유로운 마음으로 가정과 가족을 생각해 보니 지난 시간, 자신이 가정에서는 고스란히 가부장제적이었음을 깨달았다. 그것도 아내가 좀 도와 달라고 수십 년간 말할 때는 모르다가 딸이 결혼해서 젊은 사위가 사는 모습을 보고서야 실감을 하는 중이었다.

살림도 그렇지만 부자관계도 여전히 힘들다. 형석 씨도 돌아가신 아버지와는 별다른 대화나 친밀한 경험을 공유하지 못한 채 서먹한 관계에 그친 터라 장례식장에서 그게 제일 아프게 다가왔다. 좀 더 살가운 부자관계였으면 좋았을 텐데 하는 그런 아쉬움 말이다.

"우린 고등학교에서 그걸 안 배웠어, 그래서 서툰거야."

이렇게 농담하는 친구의 말처럼 학교에서도 집안에서도 배우질 않아 아들과의 관계가 부드럽지 못한 걸까? 아들은 젊은 자신이라 기대가 너무 큰 탓일까?

지금 사위가 어린 손주를 돌보는 모습을 보면 자연스레 친구 같은 아빠를 거쳐서 동지 같은 아빠가 될 터였다. 그런 시절은 지나갔지만, 형석 씨는 결혼 전이라 아직 집에서 직장에 다니는 아들과 틈만 나면 뭔가 공유하려고 애쓰는 중이다. 지금부터 습득해나가도 건강이 받쳐주면 발휘할 시간이 많을 것 같았다. 형석 씨는 손주를 어르고 있는 사위에게 주문을 한다.

　"이 서방, 조금 있으면 자네 처남 집으로 들어온다니까 남자들끼리 한잔하자, 술안주는 내가 만들어 볼 테니까."

위기의 여자

인옥 씨는 요즘 들어 자꾸 한숨이 나고 절로 눈물이 흘렀다. 코로나 시절이 오래되자 누구나 겪는 코로나 블루인 것 같아서 처음 며칠간은 대수롭지 않게 여겼다. 그런데 이상하게도 멍하게 소파에 앉아 있다가 가게 되는 곳이 작은아들의 방이었다. 아들만 둘을 둔 인옥 씨는 한 달 전에 작은아들을 결혼시켰다. 요즘은 부모가 주체어인 '결혼을 시켰다'라는 표현을 사용하지 않고 자식이 주체인 '결혼을 했다'라고 말한다지만 부모의 마지

신중년 요즘 세상

막 역할이 자식의 결혼이라고 생각해 왔던 인옥 씨 입장에선 마침내 두 아들을 다 '결혼시키고' 임무를 완수했다는 확인 도장을 받은 것 같았다.

작은아들의 결혼식장에서 느꼈던 날개 달린 비상의 기분이 요즘 들어 추락으로 꺼져갔다. 작은아들이 신혼여행에서 돌아오고 신혼집에서 집들이를 치르는데 그 집 거실에서 순간에 그쳤지만 여기가 어디지? 작은아들이 왜 낯선 이 집에 있지? 하는 기분이 들어 속으로 깜짝 놀랐다.

며칠간은 아들이 퇴근했던 시간에 맞춰 저녁밥을 하는 작은 소동도 벌여서 치매가 아닌가 하는 서글픈 걱정도 했다. 옆에서 지켜보는 남편은 자식이 결혼으로 독립한 게 그렇게 서운하고 실감을 못하냐고 지청구를 하면서 이젠 부모의 마지막 과업을 다했으니 홀가분하게 살라고 말했다.

그런데 이 마지막 과업이라는 명제가 더 문제였다. 그렇다면 이젠 인옥 씨의 삶에서 의미 있는 과제가 남아 있지 않다는 의미가 아닌가.

"나 이제 아무런 쓸모없는 사람이 된 건가요?"

"쓸모없기는…… 할머니 역할이 기다리고 있잖아."

하긴 그랬다. 3년 전에 결혼한 큰아들네가 올가을에 출산 예정이니 할머니 역할이 예비되어 있기는 했다. 그런데 요즘 육아는 친정어머니들이 주로 돕고 시어머니는 두 번째 자리라 가끔 만나 보는 수준에 그칠 것 같았다. 친구들 말대로 인옥 씨 세대는 며느리 노릇을 잘해야 하는 가부장제적 시대의 며느리가 되고, 요즘은 좋은 시어머니가 되야 하는 세태가 되서, 그야말로 아래윗 세대에 모두 봉사해야 하는 팔자였다.

남편도 상실감은 마찬가지일 텐데 평생 전업주부로 두 아들을 잘 키워서 제 역할을 하는 사람으로 만드는 데만 열중했던 인옥 씨와는 좀 다르긴 했다.

"아들 둘이 결혼해서 살고 있는 노부부가 앞으로 잘 살아가는 방법은 딱 한 가지야."

인옥 씨는 뭐 신통한 방법이라도 있나 싶었다.

"애들이 어떻게 살든 관심 끄고 그저 우리 둘이서만 잘 살면 돼."

그러면서 남편은 제주도행 항공권이 저장돼 있는 스마트폰의 화면을 보여주었다.

"자 이제 그 홀가분함을 만끽하러 제1탄으로 제주로로 떠납시다. 제주 공항에 렌터카도 대기시켜 놨으니 당신은 이 '백발의 연인'만 믿고 따라오면 돼."

인옥 씨는 몇 년 전에 제주도에서 봤던 유채꽃과 수국이 떠오르며 남편의 선견지명과 배려에 가슴이 따스해졌다. 역시 노후에 제일 든든한 우군은 남편뿐인가! 그런데 남편은 단 한 가지 조건을 꼭 지켜야 한다고 다짐을 받았다.

"제주도에서 자식 얘기랑 돈 얘기는 일체 하지 맙시다. 사려니숲길에선 그저 걸으면서 숲을 가슴 안에 들이고 오름에서는 두 발로 오르기만 합시다. 내가 바닷가의 멋진 카페도 같이 가줄게. 해녀가 갓 딴 전복이 싱싱해서 맛이 있고 생갈치 조림이 부드러워서 너무 맛이 좋다는 그런 이야기만 나누기로 합시다."

인옥 씨는 남편의 깊은 마음을 알 것도 같았다.

새로운 세상살이

아들이냐? 딸이냐?

         60대 초반의 젊은 시부모인 김준남 씨와 50대 후반인 그의 부인 박 여사는 요즘 첫 손주를 볼 기대에 차서 마음이 둥둥 떠 있는 기분이다. 2년 전 결혼한 아들네에서 얻은 손주라 말하자면 친손주가 되는 셈이다. 예비 할머니인 박 여사는 맘속으로 아들네가 딸을 낳기를 바라고 있었다. 자신은 딸이 없고 아들만 둘을 키운 터라 귀여운 손녀를 키우면서 아기자기한 대리만족을 해 보고픈 마음이 컸기 때문이었다. 요즘은 임신 5개월쯤에 태아의 성별을 알 수 있어서 곧 성별을 알게 될 텐데 아무쪼록 딸 손주이기를 바랬다.

박 여사는 여자아기를 키워 보고픈 마음에 딸 손주를 원했지만 남편은 대부분의 중년 이후 남자가 그렇듯 장손 생각에 아들 손주를 바랄 거라고 예상했다. 그런데 박 여사는 남편과 대화를 하다가 그녀의 예상을 깨는 다소 놀라운 얘기를 듣게 되었다. 남편도 아들 손주가 아닌 딸 손주를 원한다는 것이 아닌가! 가부장제적으로 살아온 세대라 당연히 소위 자신의 핏줄을 이어준다는 아들 손주를 바랄 줄 알았는데 딸 손주를 원한다니 그 이유를 알고 싶었다.

"당신도 요즘 주변에 돌아가는 거 보면 몰라서 그래? 당장 우리 집만 해도 아들 둘이라고 남들이 얼마나 걱정을 하냐구. 아직도 결혼할 때 집값은 주로 남자가 내는데, 재작년 첫째 녀석 결혼 때 전셋집 마련에 돈 보태느라고 우리 부부 종신보험까지 해약했잖아. 둘째 녀석 결혼할 때는 또 어쩔 거야. 게다가 돈 보태서 결혼하면 뭐해. 가장이라고 자기네 살림 꾸리느라 힘들어서 부모에겐 경제적 도움은 한 푼도 못 주는 세대가 우리 애들이야. 그저 더 가져가지 않으면 다행이라니까."

박 여사도 그런 요즘 현실은 다 알고 있었지만 차마 입 밖으로 내지 못한 건 그 모든 경제적 부담에도 불구하고 무언가 노후에는 아들이 있어야 든든하다는 기존관념에 기대는 마음 탓이었다. 그런데 남편의 지적은 농담인 듯 과장인 듯하면서도 날카로웠다.

"지금 우리 세대에 진짜 노부모를 알뜰히 보살피는 자식이 누구야? 옛날이야 아들이 자기 부인한테 대리효도시켜서 아들이 효도하는 양 했지만 요즘 그게 어디 통해? 진짜 노부모를 정서적으로 잘 돌보는 사람은 다 딸들이더라구. 요양병원 간호사가 그러더라구. 노모를 위해서 딸이 음료수를 사오고 자식인지 알아보지도 못하는 노모의 손을 애틋하게 붙잡고 있으면, 아들은 그 옆에서 딸이 사온 음료수 마시며 멀뚱히 서 있는다구. 앞으로의 세대는 더할 거야. 요즘은 학교마다 공부도 다 여학생들이 잘하잖아. 우리 아들네가 딸을 낳아야 공부시키기도 수월하고 가정적으로 더 화목할 수가 있다니까."

박 여사는 남편이 아들 둘을 키우면서 어지간히 잔재미도 없고 힘들었구나 하며 지난 세월을 돌아보게 되었다. 남편의 분석에 의하면 이 시대의 아들이야말로 부모 입장에서는 투자 대비 수익이 낮은 가성비와, 마음의 만족을 주는 가심비가 다 낮은 존재인 셈이다. 게다가 앞으로는 그런 현상이 더 심해진다니 박 여사는 정말 아들이 딸 손주를 낳기를 바라야 할 것 같았다. 그러나 박 여사는 남편의 말도 그만큼 자식을 제대로 키우기 어려웠다는 지난 세월에 대한 회한의 토로라고 이해했다. 자식 농사가 그리 계산적이어서는 안되고 아들이건 딸이건 귀한 생명이니 잘 키워야 한다는 불변의 진리를 할아버지 할머니로서 지켜나가리라 생각했다.

요리를 배워야 하나?

대기업에서 50대 후반의 나이에 얼마 전에 퇴직한 윤 이사님은 요즘도 밖에서는 윤 이사님이란 직함으로 불리긴 하지만, 실은 3개월째 백수생활을 하고 있다. 남들처럼 편의점이나 치킨집을 창업할 엄두는 내지 못하고 집에서 읽고 싶었던 책이나 실컷 읽으며 이른바 '욜로 라이프'로 유유자적 지내고 있다.

윤 이사님이 국민연금을 수령할 나이가 아직 한참 남았지만 그런 여유가 가능한 이유는 아직 돈을 벌어오는 부인이 있는 덕분이다. 고등학교 사회 교사인 아내의 정년이 아직도 멀어서 여전히 학교로 출근하고, 윤 이사님은 어색하고 뻘쭘하게 현관에서 잘 다녀오라고 아내에게 인사를 한다. 앞치마만 안 둘렀을 뿐 마치 3개월 차 새댁이 된 것 같았다.

대학교 졸업 후 공기업에 다니는 큰딸과 아직 대학생인 아들도 모두 아침이면 집을 빠져나간다. 아침밥을 먹은 후의 지저분한 식탁과 넘쳐나는 빨래를 남겨 놓은 채로 말이다. 윤 이사님은 집에 남아 있는 자신이 드센 요즘 고등학생들한테 시달려서 파김치가 되어 돌아오는 아내를 생각하면 청소는 당연하고 저녁밥을 해놓아야 한다고 생각은 했다.

그런데 윤 이사님 역시 생각과 말과 행동이 따로 노는 전형적인 한국의 중년 남자일 뿐이었다. 널부러진 집안 풍경이 싫으면서도 도무지 청소기를 들 마음이 들지 않았다. 정돈 안 된 집안에 있다보니 자신도 마음이 심란해지는 경험을 실컷 하고 난 이후에야 윤 이사님은 새로운 관점을 갖기로 했다. 이왕에 할 일이니 비자발적인 모드보다는 자발적인 모드를 장착(?) 하기로 스스로를 세뇌시켰다. 집안을 나의 새로운 일터라고 생각하자 청소하는데 거부감이 줄어들고, 깨끗해진 집안에서 커피를 마시고 책을 읽는 게 슬며시 좋아지기도 했다.

그다음 과제가 밥하는 일인데, 이게 가장 난코스였다. 제대로 만들 줄 아는 음식이 도통 없었다. 일찍이 부인과 사별한 친한 선배 형님은 60대 후반이 되자 "집에서 담근 진짜 잘 익은 맛있는 총각김치가 먹고 싶다"고 말하며 그것을 황혼 재혼의 이유로 들었다. 총각김치로 대변하는 집밥 먹거리에 대한 절실한 욕구가 그 선배 형님의 정서적인 외로움 해소나 성적인 욕구를 앞서고 있는 것 같았다.

　고민하던 윤 이사님은 그 난코스를 극복하는 방법으로 중년 남성을 위한 요리교실을 찾았다. 어차피 죽을 때까지 먹어야 할 밥이라면 이제 내 손으로 해서 먹어보자고 결심하니 배울 수 있는 데는 꽤나 많았다. 요리교실 이름부터가 '남성 요리교실', '50 플러스 남성 요리교실' 등으로 남성이 대상이었다.

　'50 플러스 남성 요리교실'이란 이름이 마음에 들고 집에서도 가까운 터라 한 달 코스를 등록했다. 도마 다루는 법과 칼질부터 시작해서 몇 가지 자신있게 만드는 기본 주특기 음식 몇 가지를 배우는 과정으로 짜여 있었다.

　20여 명의 머리칼 희끗한 중년 남자들은 첫날에는 모두 어색함을 감추지 못하며 앞치마를 두르고 4명이 한 조가 돼 강의를 듣고 실습에 들어갔다. 여자 강사는 처음부터 목적의식을 뚜렷이 고쳐시켜 주었다.

"남자가 요리를 하면 그 가족의 문화는 변합니다. 아주 좋은 방향으로. 여러분이 하는 취미는 혼자만 즐겁지만 요리는 소중한 사람들 모두를 즐겁게 합니다."

모두들 고개를 끄덕였다. 더구나 강사는 그 누구보다 잘 할 수 있는, 소위 "어필 요리" 3가지 정도를 익히면 삶이 달라진다고, 이 코스가 끝나기 전에 모두가 무기로 가질 수 있다고 의욕을 불어넣어 주었다. 그곳에서 윤 이사님이 배운 첫번째 완성 요리는 불고기와 미역국이었는데 그 두 가지 간단한 음식을 제대로 할 줄 안다는 것만으로도 천군만마를 얻은 듯 든든했다.

윤 이사님은 다음달에 있었던 부인의 생일에 불고기와 미역국, 시금치 나물을 차려서 내놓았다. 가족들은 "우리 아빠 요섹남 되셨네!"라며 반색을 했다. 윤 이사님은 나머지 과정에서 "어필 요리"로 카레와 비빔국수를 배울 계획에 들떴다. 퇴직 후에는 사회에서의 완장을 떼어내고 어깨에 힘만 빼면 새롭고 즐거운 일이 많이 기다리고 있다고 윤 이사님은 생각했다.

외할머니 육아

석 달 전에 큰딸에게서 외손자를 얻은 정 여사는 초보 외할머니가 되었다. 친구들은 아직 60살도 안된 나이에 할머니라고 불리는 게 뭐가 좋으냐고 말들을 했다. 그러나 정 여사의 생각은 달랐다. 요즘 젊은 사람들은 결혼을 하기도 어려운데다, 결혼을 해도 아기를 잘 낳지 않는 세태가 아닌가. 그러니 결혼한 지 2년 만에 자연분만으로 아이를 낳은 딸이 대견하기만 했다.

딸은 사돈댁인 강씨 집안의 큰며느리라 은근 아들을 낳은 게 잘됐다 싶기도 했다. 하긴 요즘 부모 세대는 거의 자식이 둘뿐이라 큰며느리 작은며느리라는 호칭도 사라질 판이지만 일단 강 서방이 큰아들이고 밑으로는 시누이가 있어 말하자면 외며느리이기도 했다.

정 여사는 '육아는 전쟁이다!'라는 말처럼 나이가 들어서 새삼 아기를 키우는 게 힘들다고 생각은 하면서도 직장에 다니는 딸을 위해 외손자를 키워줄 작정이었다. 친구들은 이제야말로 자식들 다 키우고 홀가분하게 여행이나 다닐 나이에 웬 손주 육아냐, 뼛골 빠질 일이 있냐고 반대가 주류였다.

그러나 정 여사는 강원도 산골에서 중학교를 간신히 졸업한 자신의 한을 풀 듯 딸들에게 꼭 대학을 나와서 직장생활을 하는 여성이 되라고 어릴 때부터 세뇌를 하다시피 키웠다.

사돈댁, 즉 아기의 친가도 서울에 살아 친가에서 아기를 키워도 좋겠지만 정 여사는 딸에게 아무래도 시댁이나 시어머니가 친정처럼 편하지는 않으리란 생각이었다. 산달이 가까워지자 딸네를 정 여사가 사는 아파트 옆 동으로 이사를 오게 했다.

사돈댁이나 사위 강 서방도 아무 반대가 없이 순조롭게 딸을 가까이 두게 된 셈이다. 다들 아기를 키워준다는 외할머니 정 여사가 앞으로 얼마나 고생을 할지 잘 알기에 의견에 순순히 따른 셈이다.

딸은 두 달간의 육아휴직을 마치고 직장으로 복귀했고 정 여사는 그날부터 외손자 키우는 재미에 푹 빠져들었다. 어린 손자를 안기 위해 남편도 평생 피우던 담배를 끊었고 딸만 둘을 키워본 정 여사는 아들 손주가 신기하기까지 했다.

그렇게 석 달 이상이 지나고 곧 아기의 백일이 다가왔다. 우는 아기 달래가면서 백일사진을 찍고 나서 다같이 식사를 하는 자리였다. 옆에 앉은 안사돈이 한마디 했다.

"사돈 외손주 재롱 많이 보세요."

그때까지 정 여사는 안사돈이 무슨 말을 예비하고 있는지 알지 못했다.

"근데 사돈 이 애기는 어디까지나 강씨랍니다, 강씨!"

말의 숨은 뜻은 사돈이 아무리 애써 키워봤자 정작 중요한 법적인 권리는 족보에 등재되는 친가에 있다는 말이었다. 그러나 정 여사가 손주 육아에 임하는 포인트는 달랐다. 그래서 웃으면서 속으로만 되뇌었다.

'아이고 사돈님! 아직도 그런 생각하고 사십니까? 외손주는 내 딸이 낳은, 내 딸의 자식이라는 사실은 변함이 없는 것이고, 저는 그런 것 따져서 사랑하지 않습니다. 그냥 사랑하는 내 딸

이 낳은 사랑스런 존재를 사랑으로 키워갈 뿐입니다.'

정 여사는 자신의 건강만 받쳐준다면 소중한 한 생명을 키워나가는 게 인생의 중후반기에 가족과 인류 공영에 이바지할 수 있는 작은 통로요 보람이라고까지 거창하게 생각했다. 그런지라 사돈에게 웃으면서 넌지시 한마디를 덧붙였다.

"사돈도 강 서방 여동생인 사돈 처녀가 결혼해서 외손주를 키우시다 보면 그런 생각 싹 사라질 겁니다. 두고 보세요."

딸의 빵지순례

　　토요일 밤, 영숙 씨는 또다시 양손
가득 빵 봉지를 들고 들어오는 딸
아이를 보게 되었다. 토요일 저녁마다 벌써 몇 달째 계속되고
있는지 몰랐다. 어떤 때는 1박 2일로 제주도까지 빵을 사러 다
녀오기도 했다. 빵을 사온 딸아이는 봉지 위에다가 날짜를 적
어서 전용 냉동고에 차곡차곡 집어넣었다. 주방에 있는 김치냉
장고 옆에 4단짜리 전용 냉동고를 들이더니 그 속을 어디선가
사온 각종 빵들로 채웠다.

신중년 요즘 세상

그렇다고 그 빵들이 단지 관상용은 아니었다. 아침에 출근하기 전에 커피 한 잔과 같이 만족스런 표정으로 먹기도 했고, 접시에 올려놓고 사진도 부지런히 찍고, 친구들과 모임이 있을 때 들고 가기도 했다. 영숙 씨도 물론 그 빵들을 먹는데 집 앞에 있는 흔한 프랜차이즈 빵집에서 파는 빵들보다 고급지게 보이거나 특이한 재료들이 들어있긴 했다.

그러나 365일 다이어트를 입에 달고 사는 34살 아가씨가 다이어트의 적인 밀가루로 만든 빵에 그토록 집착하는 이유를 도무지 알 수가 없었다. 딸아이는 대학 졸업 후 중견 알짜 기업으로 소문난 문구류 제조 회사에 9년째 다니고 있는, 말하자면 안정된 직장 여성이었다. 영숙 씨는 드디어 궁금증을 풀기에 나섰다.

"아니, 전에는 피곤하다고 주말에는 집에서 종일 뒹굴더니 요샌 어딜 그리 다니면서 빵들을 사오는 거냐?"

"전국으로 다녀요."

"빵을 사러?"

"네, 기차도 타고 버스도 타고 지방이나 시골 마을에 빵을 사러 가요."

"뭐 하러?"

"엄마, 그런 걸 요즘 빵지순례라고 해요."

빵지순례? 연숙 씨는 이스라엘 성지순례니 파티마 성지순례니 하는 말은 많이 들어봤어도 '빵지순례'는 난생처음 들었다. 딸의 설명을 들어보니 우리나라 전국에 있는 맛있고 개성 가득한 빵집을 거리에 관계없이 찾아가서 먹고, 사진도 찍고, 사오고 하는 일종의 맛투어인데 알고 보니 '전국빵집지도'도 있는 대단한 취미 생활이었다.

"이번 여름휴가에는 빵지순례 동호회에서 만난 친구들과 강릉에 며칠간 머물기로 했어요. 요즘 강릉에 핫한 빵집이 많아서 그 일대 빵집이랑 카페를 다 둘러보고, 먹어 보고, 글로 써서 블로그에 올리기로 했어요."

영숙 씨는 사실 딸의 나이가 30살을 넘어가자 딸아이가 회사 밖에서 하는 모든 행동들이 마음에 들지 않았다. 텔레비전에서 연예인들이 아기를 기르는 프로그램을 재미있게 보고 있으면 "네가 결혼해서 아기 낳아봐라, 저것보다 백 배는 더 귀엽지"하면서 대리만족을 하고 있는 것만 같은 딸이 못마땅했다.

사랑을 소재로 한 드라마에 심취해선 쿠션을 꼭 끌어안고 보는 폼새도 마음에 들지 않아서 "네가 진짜 연애를 해!"하면서 볼멘소리를 해댔다. 모든 것이 30살이 넘도록 결혼을 안 해서 생기는 쓸데없는 취미요 시간낭비 같았다.

"엄마, 이건 다른 사람들이 마라톤으로, 등산으로, 독서로, 삶의 소소한 재미를 얻는 것과 같은 거예요. 하나의 지역 빵에도 그 지역의 특산물과 풍토가 스며들어 있고 빵집 장인의 철학이 녹아 있어요. 그걸 알아가며 빵을 먹어 보는 것도 의미와 재미가 있어요. 무언가로부터 도피해서 순간적인 달콤함을 추구하러 다니는 건 아니에요. 빵을 즐겨 먹다 보니 취미로 발전된 것뿐이에요."

영숙 씨는 공감으로 고개를 끄덕였다. 쉽지는 않겠지만 앞으로 딸의 모든 행동을 결혼과 연관 지어서 생각하고 결혼으로 귀결시키려는 자신의 전근대적인 사고방식에서 벗어나리라고 다짐을 했다.

추석 대화법

최 여사는 추석이 며칠 앞으로 다
가오자 남편인 문식 씨의 입단속
에 나섰다. 다른 집은 음식 장만이니 청소니 가사노동 때문에
문제가 일어나는데 최 여사는 일보다도 문식 씨의 입이 더 걱
정이었다. 요즘 정치인이나 정치평론가들의 유튜브에 푹 빠진
문식 씨는 아주 정치학 박사에다가 아마추어 시사평론가 내지
는 대단한 애국지사가 되어가고 있었다.

"당신, 이번 추석에 애들이랑 모처럼 같이 밥 먹고 분위기 좋은데 괜히 요즘 정치 애기 꺼내지 말아요. 그냥 그런 애기는 당신이랑 거의 생각이 같은 친구들끼리 실컷 애기하면서 해소하고 애들이랑은 하지 말아요. 지난번 선거할 때 큰애랑 서로 얼굴 붉히고 그랬잖아요. 요즘 또 의견이 분분한데 사회인이 된 자식들을 당신 의견대로 따라오라고 하거나 가르치려고 들면 안돼요."

"아니 그럼 부모가 돼가지고 그런 애기도 못하나? 나는 이렇게 생각한다는 그런 말도 못해?"

"아이구, 아버님 살아계실 때 당신도 면전에선 대들지 못하다가 집에 와서는 뭘 모르고 고루한 관점에서 애기한다고 맨날 그랬잖아요."

회사원으로 은퇴한 문식 씨의 18번은 요즘 우리나라 보통 사람들은 조선시대 왕들보다 더 잘 먹고 잘 입고 잘사는데 그게 다 경제개발에 몸바쳐온 자기 세대가 있었기에 가능했다는 말이었다. 아들과 딸이 고등학생이 돼서 말귀를 알아들을 때부터 해온 주장인지라 달달 외울 정도가 됐는데도 심심하면 튀어나오는 대단한 진실의 레퍼토리였다.

문식 씨네는 몇 년 전부터 추석에는 집에서 차례를 지내지 않고 성묘로 대신하고 모든 가족이 모여서 가족의 날처럼 지내고 있다. 아들은 아침에 처가에 미리 다녀오게 하고 딸도 시댁에 다녀와서 자연스레 온가족은 점심에 모여서 식사를 하고 이런저런 이야기를 나누었다. 아들과 딸 며느리 사위까지 모두가 30대로 직장에 다니는 터라 각자의 업종에 따라 할 이야기도 많고 들을 만한 이야기도 많았다.

손주들이랑 아들딸의 얼굴만 봐도 흐뭇한 최 여사와는 달리 남편 문식 씨는 작금의 나라 사정에 대해 자꾸 젊은이들이 뭔가 중요한 진실을 모르고 있다는 듯 안타까운 표정으로 말을 꺼내려 했다. 그런 기미가 보일 때마다 최 여사는 말을 끊고 다른 쪽으로 화제를 돌렸다.

"여보, 은퇴한 당신보다 지금 현장에서 일하고 있는 애네들이 더 잘 알지 않겠어요?"

이번 추석 가족 모임은 최 여사의 강력한 견제로 문식 씨에게는 도통 마음에 들지 않고 시시할 뿐인 문화와 연예가 얘기로 끝나지 싶었다.

그러나 아뿔싸! 최 여사가 화장실에서 조금 길게 있었더니 그새 사단이 났다. 거실에 나와 보니 문식 씨가 나라 상황에 대해 열변을 토하는 중이고 사위와 며느리는 조금 거리가 있는 터라 예의를 지키느라 듣고 있지만 아들애는 못마땅해 죽겠다는 표정이었다. 드디어 아들애가 다른 말로 국면전환을 시도했다.

"그러니까요, 아버지, 이제 추석 연휴도 끝나고 우린 내일 아침부터 출근해야 하는데, 오늘은 그만 일어설게요."

최 여사가 마무리를 지었다.

"그래 그래, 이만들 가야겠다. 내일부터 출근하려면 각자 집에 가서 저녁엔 좀 쉬어야지."

못내 아쉬움 속에 아이들을 배웅하고 온 문식 씨에겐 아직도 못다한 말이 가슴속에 가득했다. 최 여사가 저러다간 지하철에서 모르는 젊은 사람 붙들고 나라가 어쩌고 하게 될까봐 퇴로를 터주었다.

"정치 얘기하고 싶으면 밤낮으로 나한테 다 쏟아내요. 다 들어줄 테니……"

햄버거 매장에서

현업에서 은퇴한 고등학교 친구들
끼리 매주 점심때 한 번씩 만나는
모임이 있다. 윤호 씨는 많은 모임 중에서 그 모임이 고등학교
때 친구들이라 취향이 비슷해서 그런지 역시 마음이 제일 편했
다. 등산, 여행 등의 취미생활을 주로 같이 하는 편인데 그날은
강남의 한 쇼핑몰에서 영화를 보고 점심으로 햄버거를 먹기로
했다. 햄버거는 왠지 젊은이들이 먹는 음식인 것 같고 간편하
기도 해서 가끔 별식으로 먹었다. 은퇴자들이 젊은 세대에게

해줄 수 있는 작은 배려 중에 한 가지로 그들이 빠듯한 시간 안에 점심을 먹는 12시부터 1시 사이에는 식당에 들어가지 않고 있었다.

윤호 씨와 친구 3명은 1시가 조금 넘어서 햄버거 매장에 자리를 잡았고, 윤호 씨가 대표로 주문을 하러 나섰다. 윤호 씨는 카운터로 가기 전에 있는 무인자동 주문기를 이용하기로 했다. 햄버거 매장에서 무인자동 주문기를 사용하는 건 처음이지만, 스마트폰도 제일 먼저 사고 수많은 앱을 이용하는 나름 얼리어댑터라고 자타가 공인하는 터라 자신이 있었다.

그런데 매장에서 먹을 건지 테이크아웃을 할 건지를 결정하는 초기 화면은 무사히 넘어갔는데 메인 햄버거 선택 화면부터 몇 번을 해도 진행이 되지 않았다. 저쪽에 앉아 있던 친구 경준 씨가 웃으면서 무인자동 주문기 앞으로 다가왔다.

"각기 다른 햄버거 4가지를 선택하고 취합하는 여기부터가 어렵지?"

"너, 할 줄 알아?"

윤호 씨는 버벅대다가 실패한 터라 주문자의 위치를 포기하고 옆에서 화면을 뚫어지게 쳐다보았다.

경준 씨가 톡톡 화면을 누르자 화면이 척척 넘어가고 친구들이 주문한 햄버거들과 음료, 감자튀김까지 일목요연하게 뜨더니 합계 금액이 찍혔다. 경준 씨는 카드로 결제하며 대기번호가 찍힌 긴 주문표를 출력했다. 윤호 씨는 도무지 자신이 어느 단계에서 잘못했는지 알 수가 없었다.

"너 어떻게 한 거야?"

경준 씨는 빙그레 웃으며 답을 하지 않고 전광판에 대기번호가 뜨자 햄버거와 음료수를 가득 들고 친구들이 있는 자리로 왔다. 친구들은 저렇게 기계로 주문을 하니 편하고 세련된 거 같이 보이기도 하지만 결국은 일자리가 점점 줄어드는 게 아니냐고 우려를 했다.

"그렇다고 대세를 거스를 수도 없고, 꼭 그런 측면만 있는 건 아니니 우리 세대가 적응하자."

"아무튼 나이는 달라도 동시대를 살고 있으니, 인터넷 시대에 너무 뒤쳐지지는 말자. 자꾸 격차가 벌어지거나 멀어지게 되니 좀 노력해서 따라가보자."

그렇게 말하는 경준 씨의 비밀스런 적응분투기가 이어졌다.

"내가 오늘 햄버거 주문 무사히 했지. 나 실은 저번에 시내의 다른 매장에서 혼자서 햄버거 무인 주문을 하다가 실패를 한 터라 집에 가서 햄버거 무인자동 주문기 사용법이란 글을 자세히 읽고 나서 어디 다른 매장에서 한가한 시간에 뒤에 기다리는 사람이 없는 걸 확인하고 천천히 한 번 주문해 봤어."

친구들은 세심한 용기와 실천력에 작은 박수를 보냈다.

"인터넷 시대에 늦게 합류한 우리 인터넷 이민 세대가 젊은 인터넷 원주민들이 설계하는 시스템에 적응하는 방법이 뭐겠어?"

"실수를 하더라도 새로운 땅에서 열심히 살아가자."

윤호 씨와 경준 씨 친구 4인은 자신들이 세상의 주역이었던 젊은 시절에 즐겨 먹었던 햄버거를 그때의 감각으로 살아가려는 다짐처럼 크게 한 입씩 베어 물었다.

희숙 씨, 사진작가 되다

　　희숙 씨는 올해 62세가 되었다.

　　하나뿐인 딸이 작년에 결혼을 하자 소위 빈둥지증후군이란게 찾아왔다. 온통 텅 비어버린 것 같은 감정에 집에 있어도 안정이 되질 않고 허무하고 몸도 아파왔다. 그동안 꽃길만 걸어온 삶은 아니었지만 험한 일은 하지 않고 교사 부인으로, 그 범위 내에서 나름 취미생활이며 운동도 하고 지내왔는데 웬일인지 몰랐다.

　　동갑이라 아직도 고등학교 선생님으로 재직하고 있는 남편은 주말 계획도 촘촘하게 짜서 친구들과 지내느라 바빴다. 희숙 씨는 무너져가는 몸과 마음을 다스리기 위해 평소에 헬스클럽에서 하던 요가에 더 열심히 매달려보았건만 무언가 채워지지 않는 갈증이 계속되었다.

그러다가 헬스클럽 근처 구청 문화센터에서 '아마추어 사진교실' 수강생을 모집한다는 현수막을 보고 홀린 듯 등록을 하고 강의를 듣기 시작했다. 희숙 씨는 스마트폰 카메라로는 표현할 수 없는 디지털 카메라의 매력에 점점 빠져들어 갔다. 구도, 프레임, 노출, 클로즈업…… 이런 단어들의 의미를 알아가는 시간이 좋았다.

매일 대하는 세상을 나의 느낌대로, 의도대로 재해석하고 렌즈에 담는 게 너무 신선했고 삶의 숨통이 트이는 것 같았다. 사진강사를 따라 아줌마 5명이 소위 야외 출사를 가던 첫날은 어찌나 설렛던지 밤을 훌러덩 새면서 전문가들이 찍은 꽃사진을 들여다보며 예습을 했다.

가장 기초인 꽃 접사촬영을 배울 땐 누군가 이런 말을 했다.

"희귀한 꽃을 찍고 나면 그래서는 절대 안되지만 자신만이 그 꽃 사진의 유일한 작가가 되려고 그 꽃을 뽑아버리는 사람도 있대요."

사진 욕심이 지나치면 안된다는 교훈으로 들려준 말이었는데 그럴 수도 있겠다 싶었다. 다음 과정이 희숙 씨가 가장 흥미 있어 하는 인물 사진이었다. 인물 사진을 배우면서 모든 인간은 안팎으로 그림자를 가지고 있다는 진리를 가장 먼저 깨달았다.

　희숙 씨는 60살이 넘은 나이지만 진정 읽기 어려운 인간 내면의 풍경을 한순간에 포착해보는 진지함과 짜릿함에 인물사진이 점점 좋아졌다. 주변 인물들을 보는 시선도 달라져 갔고 우선은 얼굴 표정 너머에 있는 그 인간의 참얼굴을 유추해보면서 그것이 드러나게 사진 작업을 하고 싶다는 욕망이 생겼다. 그런 희숙 씨에게 하루는 남편이 엉뚱한 제안을 해왔다.

　"당신 아마추어와 프로의 가장 큰 차이점이 뭔지 알아?"

　"사진도 작가 소리 들으려면 공모전에서 상을 받고 협회에 등록하고 그래야 한다는데?"

　"그런 거 말고 이 자본주의 사회에서는 돈을 받고 작업을 해주면 다 프로인거야. 그래서 내가 당신을 프로로 대우해 주려고 하는데……"

　그러더니 남편은 부모님의 사진을 가지고 나와서 거실 바닥에 늘어놓았다. 희숙 씨의 시부모님은 모두 80대로 아직은 고향에서 살고 계셨다.

"당신 이 사진들 중에서 어머니, 아버지 사진 따로 인물만 클로즈업으로 다시 찍어서 크게 한 장씩 뽑아봐. 작품만 제대로 나오면 내가 보수는 두둑히 줄게."

희숙 씨는 금방 알아차렸다. 부모님 영정 사진 타령을 하던 남편이 너무 늙은 현재의 모습보다는 70대에 찍은 사진으로 영정 사진을 하고 싶은 것이다.

희숙 씨가 바야흐로 생애 최초로 사진작가로 인정을 받으려면 스냅 사진에서 영정 사진을 뽑아내는 기술을 보여주어야 하는 셈이다. 희숙 씨는 흔쾌히 "오케이!"를 하면서 사진기를 집어 들었다.

딸의 웨딩드레스 투어

웨딩드레스 투어? 이게 무슨 말이야? 딸의 결혼식 날짜가 결정되자 여러 가지로 바빠진 민자 씨에게 난데없는 단어가 들려왔다. 웨딩드레스 투어를 같이 하자는 것이다. 웨딩드레스를 차려 입고 여행을 가는 게 웨딩드레스 투어인가? 하는데 딸애의 설명인즉슨 이랬다.

"요즘엔 신부들이 자신의 분위기와 체형에 맞는 드레스를 선택하기 위해 웨딩드레스 샵 몇 군데에 가서 입어보고 1차로 자신의 분위기에 맞는 곳을 먼저 고르고 2차는 1차로 정한 그 샵에서 다시 디자인을 골라 몸에 맞게 수정해서 입어요."

"그래? 와, 요즘 신부들은 좋겠다. 그런 환상적인 일도 해보고."

민자 씨의 말은 진심이었다. 35년 전에 치른 자신의 결혼식은 지방 소도시의 결혼식장에서 예식장에 구비되어 있는 남이 입었던 드레스 중에서 대충 맞는 걸로 입는 정도였지 않은가! 한편으론 뭔 그런 호사를 해, 요즘은 작은 결혼식도 많이 한다는데 소박한 게 좋지, 이러다가 그래 제가 여지껏 회사 다니면서 번 제 돈으로 한다는데 나둬야지, 멋있게 한번 원하는 대로 해보렴, 하는 마음으로 엇갈렸다.

"엄마, 그거 신부 엄마한테 주어진 특권이야. 엄마하고 예비신랑, 친구 1명만 불렀거든."

그래, 딸아 특권을 줘서 고맙다 하면서 민자 씨는 주말 이틀 동안 소위 딸의 웨딩드레스 투어에 참여했다. 토요일에 2군데, 일요일에 2군데 이렇게 4군데를 가보고 결정한다는 것이다. 첫번째 도착한 웨딩드레스 샵에서부터 벨형이니 머메이드형이니 하는 드레스 전문 용어들이 오고 가는 가운데 민자 씨는 겨우 알아듣는 체를 하면서 신부 엄마의 위신을 지키고 앉아 있었다.

  딸은 드레스룸으로 손을 흔들며 상기된 표정으로 들어가고 예비 신랑과 딸의 친구, 민자 씨가 관람객 겸 평가자가 돼서 무대 앞에서 웨딩드레스를 입은 딸을 기다리는 시간이 도래했다.

  민자 씨는 그 순간, 이 상황이 드라마에서 많이 보던 장면임을 알게 되었다. 그리고 그 장면에선 늘 신랑감이 너무 아름답게 변신한 신부를 보고 놀라지 않았던가! 민자 씨도 잠시 후 웨딩드레스를 입고 딸이 등장했을 때 보일 사위의 반응이 자못 궁금했다.

  드디어 커튼이 젖혀지고 무대 중앙에는 방금 청바지를 입고 들어갔던 딸이 길게 끌리는 우아한 드레스를 입은 신부의 모습으로 변신해서 등장했다. 민자 씨가 아! 하는 감탄사를 흘리려는 순간 사위는 헉! 하더니 얼굴색이 다 변하도록 진심 놀라는 것 같았다.

  아름다운 원석이었던 보석을 다 가공해서 반지나 목걸이로 변신한 모습을 볼 때의 감격이랄까, 그 보석이 지닌 내재적 아름다움의 절정을 보는 느낌이랄까?

  민자 씨는 이 웨딩드레스 투어의 숨겨진 목적은 저 장면이 아닐까, 영원히 잊지 못할 저 장면이 아닐까 하고 속으로 웃었다. 그러면서 민자 씨는 저 예쁜 드레스를 입고 자기 곁을 떠나 저 헤벌쭉하니 좋아하는 신랑 곁으로 갈 딸이 서운하면서도 이 신풍속도가 주는 의미를 곰곰히 생각해 보았다.

그저 겉멋이 든 젊은 여성들이 하는 낭비성 소비행태가 아니고, 스스로 돈을 벌면서 자기 정체성과 취향이 뚜렷해진 여성들이 주체적으로 자신의 결혼식을 준비하는 모습의 일환이라고 예쁘게 봐주기로 했다.

어쩌다, 대치동

아들과 며느리가 지난 주말에 집에 다녀간 이후, 지금까지 1주일간 최근식 씨 부부는 깊다면 깊은 고민에 빠졌다. 그날은 집에 들어설 때부터 아들 내외가 무슨 할 말이 있는 듯한 태도를 보였다. 집에서 불고기와 야채쌈으로 다같이 맛있게 저녁밥을 먹었다. 특히 초등학교 4학년인 손자는 한창 성장기라서 그런지 상추에 양념장까지 얹어 불고기를 야무지게 먹는데, 언제 이렇게 컸는가 싶어 흐뭇하기만 했다.

최근식 씨 내외에게는 첫 손주로 그 애가 준 삶의 경이와 잔
재미는 사람들이 흔히 손주를 일컬어 '노년의 꽃'이라고 말하
는 이유를 알게 해주었다. 설거지도 끝나고 과일을 먹는데 드
디어 며느리가 입을 열었다.

"아버님 어머님, 저희가 드릴 말씀이 있어서요……"

자기들끼리 맞벌이를 하며 열심히 살아가고, 육아휴직 후 어
렵사리 복직을 하고, 시간제 돌보미의 도움을 받으며 힘들게
아이를 키우고 있는 며느리라 장하게 생각하고 있는 터였다.
그런데 그 며느리가 저렇게 어렵게 말머리를 떼는 일이 뭐가
있을까 싶어서 최근식 씨 부부는 슬며시 긴장이 되기까지 했
다.

"아버님 어머님, 대단히 죄송한 부탁입니다. 우리 민우가 새
해에는 5학년으로 올라가서요. 이젠 교육에 좀 더 신경을 써야
할 시기가 온 것 같습니다. 그래서 혹시 민우가 대학교에 들어
갈 때까지 저희하고 집을 바꿔서 살아주실 수 있나 해서요. 공
부는 어디서든 저 하기 나름이지만 제가 직장에 다니다보니 다
른 엄마들처럼 학원으로 실어 나르고 그럴 수가 없어서요. 학
원이 많은 이 동네 대치동이라면 민우 혼자 다닐 수가 있답니
다."

새로운 세상살이

전혀 예기치 못했던 제안이라 최근식 씨는 일단 생각을 해보겠다고 대답했다. 아들네가 떠나고 소파에 앉아 새삼 자신의 젊은 시절과 집 문제를 주욱 떠올려보았다. 최근식 씨가 막 결혼을 했던 1980년대 초반에 새로 아파트를 지을 데라고는 강남밖에 없어서, 당시로서는 목돈인 청약예금을 들고 다행히 한참 개발 중이던 강남 대치동 땅 위에 지은 아파트에 당첨이 되었다. 20년짜리 장기 주택 융자까지 얻어서 어렵사리 30평대 신축 아파트에 입주할 수 있었다.

그러고서는 월급쟁이 살림에 아이들 둘을 교육시키느라 이사는 엄두도 못내고, 이사할 궁리를 틀 재주도 없어서 현재까지 그냥 눌러앉아 살고 있었다. 그랬더니 아파트 주변으로 자꾸 학원이 들어서고 지하철이 생기고 하더니 어느새 낡은 아파트가 고가 아파트가 되어 있었다.

아들네도 좀 외곽이긴 해도 서울 지하철이 닿는 곳이라 최근식 씨 부부가 살기에 그리 불편할 것 같지는 않았다. 그러나 아파트촌도 동네라 오래 살아서 정든 곳을 떠나면 서운할 것도 같았다.

"어떻게 하지?"

아내도 이 어떻게 하지?란 물음에 답을 얻지 못한 채 1주일간 빠져 있는 것 같았다. 아내야말로 수십 년간 전업주부로 한 동네에서 학부모로, 친구로 지내온 이웃들과 떨어지는 게 힘들 것 같았다.

그러나 요즘에야 다들 휴대전화가 있으니 그깟 물리적 거리는 문제가 될 게 없다 싶기도 했다. 직장맘이라서 자녀교육에 뭔가 빈구석이 있을까 전전긍긍하는 며느리와 아들, 손주 모두에게 도움이 된다는데 뭘 못할까 싶었다. 그러나 당돌한 제안이란 생각도 맴돌아서 아무래도 결정은 쉽지 않을 것 같았다.

졸혼을 꿈꾸다가

정말이었다. 명자 씨는 남편이 고
등학교 선생님으로 은퇴하는 날을
손꼽아 기다려왔다. 남편 성수 씨는 60살이 되면서 늘 입버릇
처럼 자신은 교사 정년인 만 62세에 은퇴하고 나면 고향인 전
라도 목포 외곽의 주택에 홀로 살고 계신 아버지를 돌보러 내
려갈 터이니 명자 씨에게 지금의 서울 집에서 편히 살라고 말
해왔다.

명자 씨는 졸혼이랄지 선택적 별거라고 해야 할지 모르지만

아무튼 하나뿐인 딸이 결혼을 한 뒤의 한가로운 생활을 즐기고 싶었다.

명자 씨는 좋아하는 영화도 실컷 보고 저녁에 모이는 독서클럽에도 가입해서 사색과 토론도 하고, 밥할 때를 따라 움직이는 시간표가 아니라 자신의 몸이 시키는 대로 자고 일어나는 시간을 꿈꾸었다. 학창시절처럼 밤새 책을 읽다가 잠이 들어서 점심때쯤 태평하게, 아무런 의무가 없는 상태로 일어나보고도 싶었다. 남편이 가 있는 시댁에는 가끔 가서 반찬을 해놓고 오면 될 것 같았다.

그러나 공교롭게도 지난 3년간은 소용돌이치는 변화의 시간이었다. 우선 예기치 않게 시아버님이 심장마비로 쓰러지더니 황망하게 돌아가셨다. 남편은 아쉽게 시골집을 정리하고 꿈을 수정했다. 이번엔 은퇴 후에 서울 근교에 집을 얻어서 텃밭을 가꾸면서 산다는 것이다.

"텃밭 농사는 내가 다 알아서 지으면서 살아갈 테니 일정이 없을 때만 가끔 와서 말동무 해주고 푸성귀 가져가고 그러면 될 거야."

명자 씨에겐 나쁠 것 없는 두 번째 계획이었다. 남편은 양평으로 퇴촌으로 텃밭이 딸린 전셋집을 보러 다녔다. 지난 2월에 드디어 기나긴 교직생활을 정년하고 당당히 연금남으로 은퇴한 성수 씨는 이제 꿈대로 살아볼 요량이었다. 양평역 근처에 마음에 드는 조그만 단독주택을 얻자 바로 봄이라 텃밭 농사를 시작했다.

명자 씨도 꿈꾸던 새로운 생활을 조금씩 구체화시키고 있었다. 주말에 가보면 남편 성수 씨는 언제 서울사람이었나 싶게 자연에 순응하는 농부처럼 표정도 느긋해졌다. 명자 씨는 진정한 졸혼이란 이런 맛이라고 느끼기 시작했다.

그러나 이번에는 딸네집에 일이 생겼다. 딸은 직장에 다니는 터라 시댁 근처에 살았다. 시어머니가 아침저녁으로 4살 난 손녀의 어린이집 등하원을 시켜주고 딸애의 퇴근시간까지 돌봐주었는데, 그만 덜컥 이른 나이에 몸 한쪽에 중풍이 오는 바람에 이젠 손녀를 돌볼 수가 없게 되었다.

자연히 딸은 명자 씨에게 SOS를 쳤고, 어쩔 수가 없이 명자 씨는 손녀를 돌보기 위해 딸네집에 월요일 아침부터 금요일 저녁까지 살게 되었다. 남쪽 신도시에서 명자 씨가 사는 강북까지 매일 다니는 건 불가능해서 아예 주중 입주를 해버린 것이다.

금요일 밤에 집에 돌아오면 몸이 피곤해서 독서는커녕 바로 잠들기 일쑤였다. 토요일에 남편이 있는 양평 집으로 가보면 언제부터인가 남편의 표정에서 여유보다는 독거노인의 그림자가 얼핏 비치는 것 같아 마음이 마냥 한갓지지는 않았다.

딸네집 살림을 하다보니까 남편에게 밑반찬이라도 만들어다 줄 에너지가 남아 있지 않았다. 왠지 축이 나고 팔자주름이 깊어진 것 같은 남편의 얼굴을 보면서 명자 씨는 생각에 빠져들었다.

'부부는 같이 살아야 하나? 멋진 졸혼은 역시 이룩하기 어려운 이상일 뿐인가?'

요즘 육아법

미선 씨는 1년 전에 결혼한 아들이 며느리의 임신 소식을 알려주던 그날의 감격이 아직도 생생했다. 생명의 신비에 가슴이 쿵쾅거리고 먼 시간을 거슬러올라 자신이 35년 전쯤에 아들을 가졌던 때로 이동하는 묘한 경험이었다. 그러면서 지난 9개월을 온통 기대감 속에 흥분으로 보냈다. 친구들이 손주의 사진을 들이대며 "너무 예쁘지 않니?" 하고 물으면서 동시에 강제 동의를 얻는 행태(?)를 몇 년간 보여왔기에 나는 그러지 말아야지 했는데 웬걸, 입이 근질거려서 손주 턱으로 친구들에게 서둘러 밥을 샀다.

젖내 나는 고물고물한 아기를 안는 상상만 해도 슬며시 미소가 떠오르는 걸 보면 첫 손주 증후군이 단단히 든 것 같았다. 5개월이 지나자 여아로 성별이 밝혀지고, 미선 씨의 남편은 미리 이름 몇 개를 지어놓고 아들네에게 최종결정권을 준 상태로 친손녀 상봉의 날은 하루하루 다가왔다. 저절로 주위 사람들에게 너그러워지고 세상만사에 감사한 기분이 들었다.

드디어 손녀가 태어나고 미선 씨는 대망의 할머니가 되었다. 아뿔싸! 코로나 때문에 병원과 산후조리원 방문은 아예 금지돼 전화기로 보내주는 사진으로 만족할 수밖에 없었다. 아들이 보내오는 조그만 사진을 확대해서 남편과 함께 몇 번이고 들여다봐도 신기했다. 확대해서 볼수록 유전자의 위력을 느끼며 감탄사를 연발했다.

그런데, 아기를 낳자마자 아들의 태도가 급 아빠 모드로 되면서 모든 게 아기 위주로 재편되었다. 2주 후에 조리원에서 나오자 그제서야 아들의 면회 허가가 떨어져 미선 씨와 남편은 아들네로 갈 수 있었다. 아파트 현관에서 손세정을 하고 화장실에서 가글까지 하고서야 손녀 알현에 성공했다. 눈을 감고 있다가 배시시 뜨는 그 순간이 애타게 기다려졌다. 정말이지 손주란 존재는 중노년기에 주어진 사람꽃이고 은총이었다.

두 달 후에 며느리의 산후조리가 다 끝나고, 아들 내외가 기념으로 산후 첫 당일치기 여행을 한다고 손녀를 봐달라고 했다. 드디어 손녀를 하루 종일 독점할 수 있다는 생각에 미선 씨는 자못 흥분했다. 당일치기 여행이라 아침 일찍 출발한다기에 아침밥도 먹지 못하고 아들 집에 도착한 미선 씨에게 초보 아빠인 아들의 주문이 쏟아졌다.

"분유는 3시간 간격으로 딱 120CC만 주세요. 인터넷에 보면 아주 신생아 때부터 식습관을 규칙적으로 하는 게 좋대요."

아들과 며느리는 말끝마다 인터넷에 그렇게 나와 있다며, 분유 먹은 후 트림시키는 법, 애기 머리 눕히는 방법 등을 주지시키는 게 아닌가?

민주 씨는 아들과 며느리의 당부에 겉으로는 고개를 끄덕였지만, 속으로는 애기가 배고픈 기색이면 그래도 나는 우유를 더 주고 보채면 시간 당겨서 줄거다……라고 다짐하는데 아들이 또 쐐기를 박았다.

"엄마, 경험 있다는 거 인정은 하지만 요즘은 육아법도 바뀌었으니 맘대로 하지 말아 주세요."

생각해보니 미선 씨도 그 옛날 친정 엄마에게 그 당시 육아의 바이블격이었던 『스포크 박사의 육아법』을 떠벌렸던 터라 세대차이를 인정하지 않을 수는 없었다. 그러나, 그러나……
미선 씨는 인터넷 육아법으로 막강하게 무장한 아들과 며느리에게 이렇게 말해 주고 싶었다.

　"인터넷이 우는 애기도 달래고 흔들어서 재워 준대니? 그 방법이야 나와 있겠지만 육아는 결국에는 사람이 마음으로 하는 거란다."

전원주택 로망

"아, 이젠 정말 아파트 살이가 재미가 없다"라고 수남 씨는 뇌까렸다. 오늘은 정말 집, 그중에서도 단독주택을 보러 가야겠다고 결심을 했다. 몇 년 전부터, 구체적으로는 하나뿐인 딸이 결혼을 한 3년 전부터 오래된 로망은 다시 타올랐다. 마음에 드는, 마당이 있는 집으로 이사를 가고 싶은데 주위에서 우려 섞인 견해들이 많았다. 게다가 결혼한 딸이 일 년 후 손주를 출산하자 육아를 돕다보니 3년이 훌쩍 지났다. 이젠 손주도 발걸음을 떼고 수남 씨의 아내가 딸 집으로 출퇴근을 하며 돕고 있었다.

전원주택 살이의 희망을 주위에 알리기 시작하자 먼저 쏟아져 들어온 의견들은, 병원이 멀어서 어쩔거냐, 여름에는 벌레와 투쟁해야 하고, 겨울에는 추위와 싸워야 하고, 외로울 거고, 슈퍼도 멀어서 매끼니 밥해 먹기도 녹록치 않다는 우려가 더 우세했다.

그 모든 비토 세력들과 마당에서의 멋진 바비큐 파티를 기다리는 우호 세력들의 엇갈리는 말잔치 속에 수남 씨의 결심은 더 굳어졌다. 요즘 아파트 전세 시세가 좋으니, 그 돈으로 전원주택에 전세로 2년을 살아보고 결정하자고 타협을 보았다.

서울 사람들이 흔히 전원주택이 많은 곳으로 생각하는 양수리 쪽으로 일단 마음을 정하고 그 근처에 사는 지인의 소개를 받아서 전세 매물로 나와 있는 두 집을 보기로 했다. 지금도 직장 다니는 딸네집에서 살다시피하며 손주를 키우고 있는 아내에게는 시간이 날 때 가끔 들러달라고만 했다.

전원주택에 대한 수남 씨의 오랜 로망을 익히 알고 있는 아내는 흔쾌히 동조하며 자신도 주말에 쉬러 갈 테니 작지만 예쁜 집을 얻으라고만 부탁하고 모든 선택권을 일임했다.

수남 씨는 자신이야말로 혼자 사는 데는 최적화된 남자라는 자신감이 있었다. 불과 몇 년 전까지도 한식당을 운영했던 터라 식재료를 다루는 데는 이골이 날 정도로 능숙하니 '남자 혼자 식사 해결'이라는 독립의 가장 중요한 자질이 이미 갖추어진 셈이다.

드디어 디데이가 오고, 수남 씨는 중개인과 같이 양수역 근처의 단독주택 단지에 있는 집을 보러 갔다. 약간 경사지에 단지형으로 지어진 집들은 고립감이 없으면서도 독립감을 주는 좋은 형태로 배치되어 있었다.

"그렇지, 모름지기 사람은 이런 데서 땅을 밟으며 살아야 제맛이지."

나지막한 단층에 텃밭이 딸린 첫 번째 집을 둘러보기만 했는데도 수남 씨는 가슴이 트이는 것 같았다. 두 번째 집은 수남 씨가 부탁한 대로 다락이 있는 일층집이었다. 어린 시절 안방 위에 있던 다락은 온갖 물건의 보물창고라 한번 들어가면 나오기 어려운 마성의 공간이었던 기억에 꼭 다시 갖고 싶었다.

두근거리는 가슴으로 그 집의 다락으로 올라간 것까지는 좋았는데, 수남 씨는 머리를 숙이고 내려오다가 그만 좁은 계단에서 앞으로 고꾸라지고 말았다. 다행히 중개인이 곧 붙잡아줘서 일어나고 집에 와서도 별로 아프지 않았는데 하룻밤 자고 나자 허리를 도무지 펼 수가 없었다. 정형외과에서 허리가 완전히 나으려면 6개월이 걸린다는 진단이 내려졌다. 이제 곧 봄이라 전원주택에 가면 사방에 할 일 천지라 그 허리로는 무리라는 진단도 곁들여졌다. 전원주택 살이의 어려움에 대한 경고를 강렬하게 한 방 날려주는 것만 같았다. 그렇지만 물러설 수남 씨가 아니었다.

"내 꿈은 6개월 미루어졌을 뿐 나는 그 집에서 살 테다!"

아차차 방심!

종호 씨에게 오랜 친구들과의 산
행은 언제나 즐겁다. 매달 첫 번째
토요일과 세 번째 토요일 오전에 만나 3~4시간 산행을 마치
고, 하산해서 마주앉는 점심 식당. 그 자리에서의 막걸리 한 사
발이면 주중에 쌓였던 피로와 고민이 한 번에 사라져버리는 마
법이 가능했다. 산행 중에는 어떤 얘기를 해도, 혹은 아무런 말
이 없어도 어색하지 않은 편안함이 깃든 친구 사이였다.

대모산, 청계산, 북한산, 아차산 등 서울 근교의 산을 번갈아

다니는데, 오늘은 싱그러운 연두색 나뭇잎이 지천인 남한산성 둘레길을 걷고 내려와 버스 종점 부근에서 유명한 삼겹살집에 자리를 잡았다. 삼겹살도 맛있지만, 반찬으로 나오는 전라도식 대파김치와 갓김치가 곰삭은 맛으로 손님을 휘어잡는 가게였다.

종호 씨와 두 친구들은 산행으로 땀이 촉촉해진 등과 목마른 입으로 기대에 차서 그 가게에 들어섰다. 삼겹살만큼이나 몸피가 푸짐한 주인아줌마가 마스크로 미모(?)를 가린 채, 종호 씨 일행이 앉자마자 막걸리 사발 세 개를 탁자에 놓으며, "뭘로들 잡수실까?"하고 묻더니 미처 대답도 하기 전에 "오늘은 제주산 오겹살이 더 쫀득허니 그걸루덜 드시오" 하고는 답도 듣지 않고 횡하니 주방으로 가버린다.

종호 씨와 친구들은 결정장애를 해결해 준 주인아줌마 덕에 메뉴를 정하고 고기가 구워지기 전에 시원한 막걸리 한 잔을 들이켰다. 사이다를 탄 듯 알싸한 막걸리에 묵은지 한 점이 환상의 궁합이었다. 삶의 소소한 재미로는 산행 후에 친구들과 마시는 맥주나 막걸리가 최고가 아닐 수 없었다.

종호 씨네 테이블 불판에 초벌구이 오겹살이 올려지고 미나리와 마늘까지 곁들이로 잘 구워지고 있었다. 그때 저쪽 테이블에 여자 일행 2명과 앉아 있던 50대로 보이는 한 여자가 다가왔다.

"오라버니들, 아까 수어장대 앞에서 뵈었어요. 친구분들이시죠?"

종호 씨는 뭐지? 하면서도 아직 그 여자의 실체를 파악하지 못했고, 친구들도 모르는 여자지만 막무가내로 물리칠 수만은 없는 교양인들인지라 우린 친구들이라고 답하고 무슨 일이냐고만 물었다.

"아무 일도 아니구요, 저희들도 친구들이랑 왔는데 하도 분위기가 좋아 보여서 막걸리 한 잔씩 따라 드리고 가려구요."

하더니 정말 종호 씨와 친구들의 잔에 막걸리를 따라 주고는 자리로 돌아갔다. 종호 씨는 별 싱거운 여자도 다있네, 한 친구는 저 여자가 술이 좀 취했나봐 괜히 남의 자리에 와서 술을 따르고 그러네, 다른 친구는 우리가 남자로서 멋있어서 그랬겠지 하며 가볍게 넘겨버렸다.

그러나 진실은 계산대 앞에서 곧 밝혀졌다. 주인아줌마 왈, 아까 술을 따라 주러 왔던 테이블의 여자들이 자기들이 먹은 밥값을 종호 씨네가 낸다고 하고 나갔다는 것이다. 주인아줌마는 주방에서 보니 그 여자가 왔다갔다 하고 술도 따라 주고 해서 코로나 시대라 부부들인데 따로 앉은 줄 알았다는 것이다.

아뿔싸! 모르는 여자의 호의를 거절하지 못하는 남자들의 심리를 이용하는 덤터기 씌우기가 아닌가. 사무실에서도 모르는 여자들이 동창의 동생이니 친척이니 하고 찾아와 어려운 형편을 읍소하면 뭐라도 사주고 보험도 들어주는 선량한 남자들인 줄 알아챈 모양이었다. 소위 꽃뱀이라고 확대 해석할 일은 아니지만 한두 번 해본 솜씨는 아닌 것 같았다. 종호 씨는 친구들과 허탈하게 웃으며 말했다.

"우리가 아직 술값 정도는 있는 남자들로 보인 대가로 생각하자. 그나저나 돌아가신 우리 어머니가 남자는 언제나 여자 조심, 여자는 남자 조심하랬는데 깜빡 했네."

남자 혼자 한 달 살기

인수 씨는 인터넷으로 예약한 강원도 바닷가의 한 펜션을 무사히 찾았다. 자가용을 가져오지 않고 가까운 강릉역에서 택시를 타고 들어왔다. 달랑 작은 짐가방 한 개뿐이라 몸도 마음도 가벼웠다. 코로나 백신 접종을 완료한 아내가 그동안 만나지 못했던 친정어머니와 언니를 보기 위해 미국으로 떠났다. 한 달 정도 머물다가 온다기에 이참에 인수 씨는 오랫동안 꿈꾸어 왔던 강원도 한 달 살기에 도전하기로 했다. '남자 혼자'라는 사실과

'한 달 살기'라는 두 가지 명제가 그리 어려울 것 없어 보이는 조합이지만 나이가 64세 먹은 남자고 생전 처음이라면 자질구레한 난관이 예상되기도 했다.

인수 씨가 애초에 한 달 살기를 꿈꾸었던 이유는 거창한 철학적 의미를 추구함이 아니고 지금의 삶을 뒤집고자 하는 의도도 없었다. 3년 전 발병한 갑상선 초기암을 치료하고 완치 판정을 받은 지난달까지 그동안 자신도 힘들었지만 뒷바라지로 고생한 아내에게 진정한 휴가를 주고 싶었다.

"아내의 최종역할은 대개 간호사라더니 당신 벌써 나한테 간호사 역할을 시키는 거예요?"라고 불평하면서도 아내는 충실하게 가장 중요한 식단 관리를 해주고 운동에도 동참해 주었다. 병이 들어서 위안을 찾고자 패잔병처럼 바닷가를 찾는 게 아니고, 평생 호르몬 약을 먹어야 하는 것 외에 다른 치료가 더 이상 없고 '위드코로나' 시기도 왔기에 아내에게 휴가차 친정 식구가 많이 살고 있는 미국행을 권했다.

인수 씨 자신도 코로나로 집에 갇혀 있으면서 치료에 전념하느라, 멀어진 인간관계도 많아진 터라 다시 타인과 만남의 광장에 나서기 전에 재부팅이나 재충전의 시간이 필요하다고 느꼈다.

방 한 칸과 거실, 작은 주방으로 이루어진 10평 남짓한 펜션의 실내는 제법 정갈해서 한 달간 머물기에 적합할 것 같았다. 5분 정도 걸어가면 바로 바닷가라 그 점이 가장 마음에 들었다. 바닷가에서 보내는 일상에서 해보고 싶은 소위 버킷리스트도 많았다. 산책하기, 자전거 타기, 요리, 독서, 낚시…… 사실 서울의 아파트에 살면서도 못할 일들은 아니지만 같은 행동이라도 바닷가 산책하기, 바닷가 일주도로에서 자전거 타기, 바다낚시 등으로 '바다'를 붙이면 아주 의미가 멋지고 색다르게 다가왔다.

　짐을 풀자마자 당장 오늘 저녁부터 시작될 '혼밥'을 위한 장을 보기로 했다. 펜션에서 걸어갈 만한 거리에 위치한 작은 재래시장에서 장을 보는 일은 설레이는 선택의 시간이었다. 쌀은 한 봉지를 사고, 반찬가게에서 강원도 특유의 나물반찬들을 사고 아침 식사용으로 요쿠르트와 과일 등을 몇 개씩 샀다. 가장 쉬운 콩나물국을 끓여서 사온 반찬들로 저녁 식사를 하고 나자 초겨울의 밤은 빨리 깊어졌다.

　강원도에 잘 안착했노라는 소식도 전할 겸 아내와 영상통화를 하니 떠들썩한 분위기 속에 처가 식구들이 작은 스마트폰 화면 뒤로 저마다 얼굴을 내밀고 인사를 했다. 다들 잘 지낸다니 다행이다. 하나뿐인 딸네도 전화를 하려다 어린 외손주가 벌써 잠을 잘 것같아 그만 두었다.

일인용 소파 깊숙히 몸을 누이자 왠지 지나온 64년의 삶이 등 뒤에 우두커니 서 있는 것 같았다. 등 뒤에서 감싸오는 세월의 무게가 무겁지만은 않고 다정한 것 같아 다행이었다. 그제사 동해 바다의 파도 소리가 밤의 정적을 헤치며 다가왔다. 첫째 날 밤은 이렇게 오고, 인수 씨는 보이지는 않지만 자신을 알고 있는 사람들에게 인사를 했다.

"모두 편안하길!"

아마추어 요양보호사들

"여보, 오늘도 무사히 잘 보내요!"

요즘 중식 씨와 경선 씨는 아침 8시쯤 아파트의 현관문 앞에서 이런 인사를 나누었다. 염색을 싫어해서 머리칼이 온통 허연 중식 씨와, 염색을 했으나 자라나는 흰 머리칼이 숨길 수 없이 머리 밑으로 드러나는 경선 씨는 영락없는 60대 중반의 부부다.

그런데 '오늘도 무사히!'라니. 이 말은 보통 개인택시나 버스를 운전해서 늘 위험에 노출된 가장에게 해주는 아침 인사말인데 이 부부는 무슨 일을 하는가.

중식 씨와 경선 씨는 매일 아침 각자의 부모님 댁으로 출근을 하고 있다. 부모님이라고는 하지만 아버님들은 다 돌아가시고, 여성이 좀 더 수명이 길다는 통계치가 맞는지 양가의 어머님들만 살아계셨다. 중식 씨의 어머님은 88세, 경선 씨의 어머님은 89세로 두 분 다 90세를 목전에 둔 고령인데다 무릎관절이 특히 불편한 상태였다.

60대를 노인이라 칭하기는 빠르지만 60대 자식이 80대 노부모를 돌보는 전형적인 '노노봉양'이었다. 매일 아침 이렇게 두 사람이 아침밥을 먹고 8시쯤 집을 나서야 부모님께 아침밥을 챙겨드리고 10시에 오는, 이른바 노인들의 유치원이라는, 동네 데이케어센터의 버스를 태워드릴 시간과 맞았다.

요양병원은 한사코 싫다는 친정어머니를 집에서 돌보면서 처음에 경선 씨는 끙끙 앓았다. 경선 씨도 허리와 무릎이 부실해질 나이라 별달리 힘들게 하는 일이 없는 것 같은데도 기력이 달렸다.

두 분 다 보행은 무척 힘든 상태지만 기저귀를 차지 않았고, 치매 증상이 없어서 아직 요양등급 판정을 받지 못하고 있었다. 등급 판정을 받으면 나라에서 보내주는 요양보호사가 하루에 3시간은 집으로 온다니 훨씬 수월할 것 같은데, 90살이 가까운 나이에 요양등급을 받지 못할 상태가 본인과 자녀에게 행복인지 불행인지, 득인지 실인지 명확한 판단이 어려웠다.

데이케어센터의 버스에서 내려 집으로 모시고 오면 일단은 두 분 다 소지품 검사(?)를 실시해야 한다. 중식 씨의 어머니는 화장지와 종이내프킨을 무척 소중하게 여겨서, 센터에서 간식 시간이나 점심시간에 주는 종이내프킨을 쓰지 않고 가방이나 바지 주머니 등에 꽁꽁 숨겨서 집으로 가지고 왔다. 경선 씨의 어머니는 먹을 것을 남기는 걸 죄악시하는 터라 떡이나 빵은 아예 미리 먹지 않고 집으로 가져왔다. 내프킨은 구겨져서 쓸 수가 없고 떡과 빵은 납작해지거나 쉬어버려 제맛을 잃었지만 그 두 가지를 두 분이 보는 데서는 버릴 수가 없었다.

"애비야, 그 종이 됐다 써라."

"애미야, 그 빵 맛있다. 너 주려고 싸 왔어."

공산품과 먹을 것이 부족했던 젊은 시절을 보낸 분들이라 귀하게 여기는 마음을 이해했다. 그다음은 보통 이른 저녁밥을 차려드리고 집으로 퇴근(?)하는 게 일과인데 주중에 하루는 다른 형제들이 와서 어머니와 같이 식사를 하고 돌봐드리는 터라 그런 날은 한결 수월했다.

중식 씨와 경선 씨는 그날을 매주 수요일로 맞추어서 정했다. 오늘은 바로 그 수요일이라 중식 씨의 여동생과 경선 씨의 여동생이 저녁 식사 전에 각자 어머니의 집으로 와주었다.

중식 씨와 경선 씨는 자신들의 집 앞에서 막걸리에 파전을 먹으며 주중 휴가일인 수요일 저녁의 여유를 챙겼다. 두 사람은 언제까지 이렇게 살아야 하는 건지 이게 고령 어머니를 모시는 최선의 방법인지 여전히 정답을 찾지 못한 채 한 잔의 막걸리에 몸과 마음을 달랬다.

재건축을 기다리며

우식 씨의 작은애가 대학교에 입
학하던 해였다. 살고 있는 강남 아
파트의 재건축이 시작된다는 거창한 계획이 단지 주민회의에
서 발표되었다. 우식 씨는 향후 10년 이상은 걸린다는 말에 학
군 문제도 신경쓸 일이 없어진 터라 그 아파트를 전세 주고 외
곽의 신축아파트로 전세를 얻어 나왔다.

그런데 벌써 어언 15년이란 시간, 아니 긴 세월이 흘러버렸
다. 15년이 흘렀지만 '명품아파트'로 거듭난다던 그 아파트는

아직 재건축의 첫 삽조차 뜨지 못하고 있는 상태였다.

1980년대 초에 결혼해서 그 시절에는 요즘과 달리 강남에만 아파트가 있어서 어쩌다 강남에 둥지를 틀게 되었고 재주가 없어서 이사를 가지 못하다 보니까 엉겁결에 강남 아파트 재건축 대상 아파트의 소유주가 돼 있었다.

우식 씨는 부인과 함께 "우리 살아 생전에 새 아파트에 들어갈 수나 있을까?"하는 대화를 하는 경우가 많아졌다. 정권이 바뀔 때마다 행여나 이번에는 관련법이 변경돼 재건축 시기가 빨라지지 않을까 목이 빠지게 기다려봤지만, 곧 공사를 시작할 것처럼 후끈 달아올랐다가도 맥없이 꺼지기가 수십 차례라 이젠 인내심의 한계가 다가오고 있었다. 늘 아파트에 신경의 한쪽 끝이 닿아있는 걸 보면 재건축 아파트 때문에 만성신경증이 생길 것 같았다.

애초에 아파트는 외국처럼 100년 이상 가는 구조이니 새로 짓느니 어쩌니 하는 말이 없었으면 전체적으로 고쳐가면서 살고들 있을지도 모를 일이었다. 서울로 유입되는 인구가 많다 보니 먼 앞날을 내다보지 못하고 외국에 비해 수명이 짧은 아파트를 빠른 공사기간에 지은 게 잘못이고, 아파트의 인기가 이렇게 높을 줄 몰랐던 것도 요인이라면 요인이었다.

그나저나 재건축을 기다리며 자기 집을 떠나 새집을 갖게 된다는 "희망고문" 속에 중년기를 다 보내는 이 삶이 맞는 건지, 이 시대의 현상이 그러하니 물길을 따라 흘러가듯 살아야 하는 건지, 집 한 채에 따라 달라지는 삶의 색채가 우식 씨는 뭔가 크게 잘못돼 있다는 생각을 떨칠 수가 없었다.

그 얼마나 많은 준비단계가 있었던가. 재건축준비위원회, 정밀안전진단, 주민총회, 주민설명회, 시공사 설명회······ 이제는 신물이 난 생경한 조어들······ 그런 단계가 순조롭게 진행이 됐다면 벌써 그 자리에 새워진 '명품 새 아파트'에 입주하고도 남았을 시간이 흘러버렸다. 희망고문이라기보다 해결 못할 우환거리를 안고 사는 듯 우식 씨의 아내는 재건축의 '재'자만 나와도 신경이 예민해졌다.

그런데도 그 아파트를 판다고 하면 주변에서 난리들이었다. 한마디로 현재의 불편을 참지 못해 미래의 황금수익을 포기하는 어리석은 선택이며, 자식들에게 강남 아파트를 물려줘야 한다는 논리였다. 경제논리에 상속윤리까지 얽힌 난제 중의 난제였다.

오늘 낮에 퇴직한 친구들과 강남에서 점심밥을 먹고 오다가 모처럼 그 아파트가 있는 대치동 거리를 걷게 되었다. 아들과 딸을 키웠던 정다운 추억이 스민 아파트 건물과 상가를 요란스런 현수막들이 뒤덮어 버렸다. 재건축 심사에 통과하기 위해 낡아빠진 아파트 외벽도 도색이나 수리를 하지 않아 초라함을 지나 흉할 지경이었다.

집주인이라는 단어 대신 이제는 모두 조합원이라고 불리우는 소유주들의 재산증식이라는 공통의 욕망에 불을 붙여서 연대의식을 고취시키고 이익을 극대화하는 전략들이었다.

위낙 얽힌 변수가 많아서 재건축 아파트의 사업진행 속도는 대예언가 '노스트라다무스도 모른다'는 우스갯소리를 떠올리며, 우식 씨는 인내심의 한계를 시험받는 중이라고 생각하기로 했다.

그리고 인내심의 승리가 언젠가는 오겠지라고 편하게 마음을 고쳐먹었다. 명품 아파트의 주민이 되기가 어디 그리 쉽겠는가.

자식 세대에게 배울 것

올해 다같이 59세가 된 영숙 씨의 고향 친구들은 모이기만 하면 이질적인 자식 세대의 행태를 이야기하느라 대부분의 모임 시간을 보냈다. 맛집 앞에 몇 시간이고 줄을 서고, 결혼 전에 남녀가 꺼리낌없이 같이 여행을 가고, 명품 백이나 신발을 사려고 혹은 되팔려고 백화점 앞에 줄을 서고, 어디서나 SNS에 올릴 사진 찍기에 열을 올리는 행태들을 도무지 이해할 수가 없다는 데서 시작해서 아들딸이 결혼을 한 친구들은 또 그 달라진 결

혼 풍경에 열을 올렸다.

아들네 집에 가면 왜 아들이 늘 집안일을 하는지, 딸네 집에 가면 사위가 주방일을 하는 게 기특하고 부러우면서도 왠지 아직은 적응이 안되는 상태를 토로하기도 했다. 아들이나 사위가 집안일을 흔쾌하고 당연하게 같이 하는 걸 보면 아직도 밥상에 밥숟가락도 놓지 않거나 가스레인지나 인덕션의 불을 한 번도 켜보지 않은 것을 자랑삼아 얘기하는 영숙 씨 또래의 구식 남편들은 개조 프로젝트를 받아야 할 것 같았다.

"우리 남편들도 배웠으면 좋겠다"라고 이구동성이었다.

영숙 씨가 얼마 전 맞벌이하는 아들네 집에 가서 저녁 식사를 같이 하던 날 겪은 해프닝도 그러했다. 아들과 며느리는 주방에서 무슨 특별요리를 준비하는지 콧등에 밀가루를 묻히면서 분주했다.

다섯 살짜리 손자랑 모처럼 놀아주느라 할아버지가 더 신바람이 났다. 그런데 할아버지와 레고로 집짓기를 하던 손자가 다용도실로 쪼르르 가더니 작은 청소기를 들고 와서 할아버지에게 건넸다. 요즘 다섯 살 아이는 옛날 초등학생 수준이라더니 어찌나 말이 또렷한지 대화하는데 어려움이 전혀 없었다.

"할아버지는 청소 안 하세요? 아빠는 매일 청소해요."

아뿔사! 다섯 살짜리 손자는 매일 아빠가 퇴근 후에 청소를 하는 모습을 보고 자라왔기에 저녁 시간에 남자가 청소하는 걸 당연하다고 생각한 모양이었다. 영숙 씨의 남편은 헛웃음을 치더니 일어나서 거실을 청소하는 시늉을 했다.

"우리 손자가 할아버지 교육 단단히 시키네. 오늘 교육받고 이제부터 당신도 집에서 청소 좀 해요."

그러나 요즘 손자의 할머니에 대한 질문도 만만치가 않았다. 손자의 머릿속에 든 생각의 흐름은 이러한 것 같았다. '엄마는 여자다. 우리 엄마는 회사에 출근한다. 할머니는 여자다. 그러니까 여자인 할머니도 회사에 출근을 할 것이다.'

손자는 영숙 씨에게 물었다.

"할머니는 어느 회사 다니세요?"

순간 당황한 영숙 씨는 "할머니는 요즘 회사 안 다녀"라고 얼버무렸다. 손주는 "우린 엄마는 매일 회사에 다니는데……"라면서 고개를 갸우뚱거렸다. 영숙 씨는 그렇게 말하는 손자의 아빠를 출산하면서 직장을 그만 두었다. 그러고는 내내 전업주부로만 살아왔다.

손자의 그 말에 과거를 떠올려보니 임신했을 당시에는 남편이 집안 살림을 많이 도와주었다. 영숙 씨가 전업주부가 되어서 살림을 도맡고 나서는 자연히 집안일의 업무분장(?)이 이루어져 지금까지 흘러온 셈이다. 영숙 씨는 아직도 집안일을 도와주지 않는 남편에게 딱히 불만이 있는 건 아니었다. 다만 자신도 늙어가고 남편도 퇴직을 하면 시간이 많아질 테니 그때를 대비해서 지금부터라도 조금씩 익혀나가는 게 좋을 것 같았다.

그러는 사이 결혼 5년차 맞벌이 5년차인 아들이 언제 만들었는지 스테이크와 야채구이를 그럴듯하게 준비해서 영숙 씨를 식탁으로 불렀다. 영숙 씨는 아들과 남편에게 말했다.

"그래, 뭐든지 젊었을 때부터 배우는 게 좋지. 내 아들 요리 잘한다."

"여보, 우리도 젊은 사람들한테 컴퓨터하고 휴대폰 사용법만 배울게 아니라, 이런 생활방식도 배웁시다."

"스테이크쯤이야 나도 구울 수 있다구!"

자연스럽고 평등한 가정 풍경이 주는 편안함 속에서 영숙 씨와 남편은 맛있는 저녁 식사를 했다. 우리도 이렇게 살 수 있는 시간이 아직 많다고 느낀 두 사람은 진정 신중년 부부였다.

행복한 신중년을 위하여

인생 백세 시대가 와서 사람이 태어나 지구별에 사는 시간이 그야말로 무척이나 길어졌다. 올해 59세를 맞은 현길 씨는 환갑이라는 60세를 앞두고 마음이 심란했는데 UN이 현존 세계 인류의 체질과 평균수명을 측정해서 새롭게 설정한 표준규정을 보며 위로와 안심을 얻었다.

청소년기 : 17세까지

청년기 : 18~65세까지

중년기 : 66~79세까지

노년기 : 80~99세까지

100세부터 : 장수 노인

　현길 씨는 65세는 아직까지 청년기!라는 규정이 눈에 확 띄고 마음에 와 닿았다. 청년기!라는 단어만으로도 힘이 솟는 것 같았다.

　사회학자들은 끊임없이 변화하는 세상에서 가장 변화에 맞추어 살아가기 힘든 집단으로 중년 이상의 남자들을 꼽았다. 중년 이상의 남자들은 시류를 따라가며 사는 것을 종종 불의에 타협을 하는 듯이 언짢아 한다. 변화를 거부하며 한 줌밖에 안 되는 권위를 사수하려 애쓴다. 거창한 권위는 아니지만 아직도 부인이 없으면 자신이 밥 한 끼조차 스스로 해먹지 못하고 쓰레기 분리수거 봉투를 집 밖으로 가져가 보지 않았다는 50대 남자들이 술자리에서 사소한 무용담의 주인공을 차지했다. 현길 씨의 친구들도 이런 분석에서 멀지 않았다. 한 친구는 부인이 던진 이혼장을 받고서야 정신을 차리고 자신의 이기적인 삶을 되돌아보았다고 했다.

현길 씨의 부인인 경옥 씨 주변은 어떤가? 60살을 목전에 둔 여인들의 마음은 현실 나이로부터의 도피가 한창이다. 내가 낼모레 환갑이라구? 얼굴에 주름살도 별로 없이 이렇게 팽팽한데, 어린 시절 고향마을에서 환갑잔치를 하던 그 머리칼 허옇고 주름살 만개했던 할아버지 할머니 나이가 된거라구? 이런 마음들이라고 했다.

그녀들의 나이 부정은 현실 부정과 결합한다. 염색과 임플란트와 보톡스와 운동으로 가꾸어진 외양은 실제 60살로 보이지 않는다. 그러나 속까지 젊지는 않아 60살의 속살은 끊임없이 나이를 일깨우며 고장을 신고해 온다.

게다가 현길 씨와 경옥 씨의 친구들의 병원 진료기록에 "퇴행성"이라는 접두사가 붙고, 심근경색이나 암으로 죽는 경우가 생기면서 젊어보이는 외모와 달리 내부에서 진행되는 노화의 과정에 대한 현실 자각의 시간이 많아졌다.

그런 탓인지 아침저녁으로 현길 씨와 경옥 씨의 동갑내기 카톡방에서는 온갖 삶의 지혜가 담긴 글들이 들어왔다. 다들 건강하고 바쁘게 살 때는 그것이 행복인줄 모르다가 이제 좀 시간이 나니까 과거를 되돌아보고 앞으로의 삶에 대한 성찰을 많이 하는 나이가 된 탓이다.

친구들이 공감을 바라며 보내준 카톡을 읽어보면 사실 다 내용이 그럴듯한 일종의 '마음 레시피'였다. 한 가지 음식 레시피라 해도 내 것이 되려면 몇 번이고 따라서 만들어 보는 실천의 과정이 필요한데 카톡 마음 레시피의 치명적 약점은 머릿속에 오래 머무르지 못하고 특히나 행동으로 연결되지는 못한다는 점이다.

현길 씨와 경옥 씨도 저녁이면 서로 받은 오늘의 카톡 내용을 나누기도 하는데 역시 카톡은 심오한 철학을 담기보다는 모임 날짜나 의견 취합 등에 제일 적합한 기능인 것 같았다.

60살을 앞둔 현길 씨와 경옥 씨는 이제사 알 것 같았다. 공부, 돈, 건강, 사랑……등 삶의 가장 중요한 목표들 중 그 어느 한 가지도 나머지를 다 누르는 전부는 아니라는 것을, 모두가 중요한 일부분이고 중요한 일부분들이 모여서 전체라는 그림을 완성해나가는 지난한 작업이라는 진리를 말이다.

그누구도 처음 사는 생 앞에서 인생사용 설명서를 쥔 듯이 능숙하고 완벽하게 살 수는 없다는 진리를 말이다.

몸과 마음

아들은 감정 노동자

나이가 60대 초반인 김종호 씨는 요즘 자주 우울해졌다. 김종호 씨는 자신이 겪는 우울증의 원인이 무엇 때문일까 생각해보았다. 생활비는 직장 연금과 작은 상가에서 받는 약간의 월세로 충당이 가능했다. 아끼면서 쓰면 그럭저럭 초라하지 않게 살 정도는 돼서 부인도 따로 일을 하지 않고, 자신도 아직은 사업이라고 무슨 일을 벌이지는 못하고 가끔은 국내여행을 하는 정도는 됐다.

퇴직 후에 소일 삼아 나가는 친구의 부동산 중개소에도 잘 적응하며 지내고 있었다. 김종호 씨가 중개사 자격증이 있는 건 아니고 부동산 사무실 한쪽에 책상 하나를 얻어서, 친구가 업무로 자리를 비울 때는 사무실을 지키는 역할도 해주고 고등학교 친구들과 만남의 장소로도 이용하고 있었다. 건강도 근력도 당연히 젊은 시절만은 못하지만 특별히 아픈 데는 없었다. 결혼한 아들과 딸도 건실하게 살고 있었다. 우울할 이유가 딱히 없는 셈이다.

그러다가 우울증의 원인이 그토록 사랑했던 어머니 때문이라는 결론에 이르렀다. 이제 나이 87세로 혼자 사시는 어머니를 만나고 올 때마다 까닭 없이 피곤과 짜증이 덮쳐왔다. 어머니를 싫어하는 것도 아니고 홀로 사시는 모습이 외로워 보여 자주 들리는데 갈 때마다 효도를 했다는 기분보다는 무언가 미진하고 해결하지 못할 숙제를 잔뜩 짊어지고 오는 기분이 들었다.

아버지와 같이 살던 아파트에서 노후 생활비를 마련하기 위해서 방 두 칸짜리 연립주택으로 옮긴 어머니는 왠지 예전보다 늙고 초라해 보여서 마음이 아팠다. 혼자 사는 살림인데도 평생 아끼는 습관 탓에 쓸모없어 보이는 물건조차 버리지 않아

집에는 잡동사니가 가득했다. 어머니는 관절염과 경도의 척추 관협착증, 백내장 수술, 임플란트 정도의 치료만 받은, 말하자면 가장 건강이 양호한 상태의 노인이었다.

그런데도 김종호 씨가 방문할 때마다 어딘가 아프다고 호소하고 죽음에 관한 얘기를 자꾸 꺼냈다. 자기는 요양원에 안 가고 집에서 죽고 싶다고 아직 일어나지 않은 일에 대해 자꾸만 다짐을 받아두려고 했다. 자식을 감정적으로 괴롭히려고 작정한 것 같았다.

아니, 어머니는 자신이 통제하지 못할 미래에 대한 걱정을 하는 것인데 연민과 의무감이 가득 찬 아들 김종호 씨 마음에 그렇게 후벼파듯 들려올 뿐이다. 어떤 때는 귀를 막아버리고 싶었다.

그런 김종호 씨의 상태를 보다 못한 부인 정 여사가 정답을 일갈했다.

"당신이 바로 감정 노동자인 거예요."

"뭐라구? 내가 그 가면을 쓰고 손님을 대하는 서비스업 종사자에게 많다는 감정 노동자라구?"

"감정 노동자가 별건가요? 당신 어머니만 보고 오면 유난히 짜증 부리고 예민한 거 알아요?

당신은 어머님한테 뭔가 해드리고는 싶은데 방법도 잘 모르겠고, 어머님이 몸이 불편하니까 어디같이 나들이를 가시지도 못하잖아요. 그러시면서 자꾸 비관적인 미래를 얘기하니까 당신 마음이 너무 힘든 거예요."

어떤 친구가 요양병원에 계신 부모님을 보는 게 너무 우울해서 감정을 평탄하게 유지하기 위해서는 보지 않고 살아야 할 지경이라고까지 말할 때는 설마 그렇겠어?라고 생각했는데, 요즘 김종호 씨는 그 친구를 이해할 수 있을 것 같았다.

사랑하는 부모의 육체적 정신적인 쇠잔을 보는 것이 이토록 힘들 줄은 미처 몰랐다. 감정노동이 돈을 벌러 다니던 때의 노동 강도보다 더 세다는 걸 깨닫는 중년의 시간이었다.

아내의 〈애쓴 라인〉

윤호식 씨는 아내가 체중계에 올라서는 모습을 옆에서 볼 때마다 마음이 조마조마했다.

아내는 체중계 위에 오래 머물면서 혹시라도 체중이 떨어지지 않았나 하는 기대를 안고 가슴 졸이며 확인하는 것 같았다. 그러나 대부분은 한숨과 불만에 찬 표정으로 체중계에서 내려왔다.

그러더니 요 며칠간은 살을 빼야 한다며 아예 저녁밥을 먹지 않는 중이었다. 살이 좀 붙는다 싶으면 아내가 어김없이 하는 다이어트 방법이었다. 그럴 때마다 윤호식 씨는 혼자 저녁밥을 먹으려니 자신만 식충이가 된 것 같아 7첩 반상도 제대로 입맛이 당기지 않았다.

아내는 도무지 말을 듣지 않았다. 처녀 때도 그리 마른 몸매는 아니었는데, 아이 둘을 낳고 40살이 넘으면서 다소 통통해지긴 했지만 보기 좋을 정도였다. 그러나 그건 남자인 윤호식 씨의 생각일 뿐인지 아무리 좀 통통한 몸매가 여성미도 있고 건강해 보여서 좋다고 해도 아내는 무조건 날씬한 게 좋다고만 말했다.

요즘엔 살이 찌면 자기관리 못한 사람으로 취급받는다며 사뭇 다이어트 전투태세였다. 오늘 저녁밥상에 윤호식 씨가 좋아하는 돼지불고기에 상추쌈이 차려졌지만 먹는둥 마는둥 하고 아내를 불렀다.

"당신 지금 나이가 몇 살이야?"

"내년이 환갑이니 올해는 아직 만으로 59살이지요."

"겉은 멀쩡해 보여도 당신도 나이가 든 건 인정하지?"

"요즘 환갑은 청춘이에요, 청춘!"

"청춘이라는 건 인정해. 그래서 60살 먹은 여성들의 몸매도 청춘시절과 같은 에스 라인이어야 하나?"

"에스 라인까지는 아니라도 뱃살은 그만 나오고 허리도 어디가 허리인지는 알 수 있으면 좋겠어요. 이렇게 가다간 몇 년 안에 고무줄 바지밖에 입을 옷이 없다니까요."

"여보 마누라, 이제 당신 나이면 정신적 활기야 당연히 청춘시절처럼 있으면 좋겠지만 것두 아니고, 몸으로 말하자면, 과체중으로 무릎이 안 아플 정도면 그게 적당한 몸무게야. 나이가 들어서 마르면 빈티가 나서 오히려 보기 싫다니까."

"그런 건 다 위로의 말이구요, 현실은 무조건 아줌마나 할머니도 다 날씬해야 옷태도 나고 더불어 자신감도 생긴다니까요."

아내의 완강한 이론에 윤호식 씨는 여자들의 또 다른 치열한 세계를 보는 것 같았다. 윤호식 씨는 나이가 들어가는 아내의 뱃살과 허리둘레 그런 건 진정 다 관심이 없고, 그저 건강하게 같이 나이가 들어가기만을 바랄 뿐이었다.

벌써 50대에 병으로 상처한 친구들이 몇 명이나 되었다. 그런데 아내는 한사코 자연스런 신체 나이를 거부하고 젊을 때와 똑같은 몸무게와 몸매를 이상으로 삼으니 참으로 기가 찼다. 저렇게 수시로 저녁밥을 굶으면 영양불균형으로 건강이 나빠

질게 확실하지 않은가.

  그날 밤 윤호식 씨는 아내에게 카톡으로 편지를 띄웠다.

  "여보, ─중년의 복부비만, 늘어나는 허리둘레, 흰 머리칼,
이런 것들 한 번 가져보고 싶다. 당신들은 그런 걱정을 할 정도
로 오래 살아서 행복하다─ 이런 말을 한 여성이 있었어. 30대
후반에 가족을 두고 암으로 죽어간 여성의 말이야. 여보, 당신
지금 젊은 시절 같은 에스 라인 아니라고 불만하지 마. 내가 당
신 몸매 충분히 〈애쓴 라인〉으로 인정하고 예쁘게 봐줄 테니까
밥 잘 먹고 아무쪼록 건강하기만 해."

  이상, 당신의 현재 모습을 사랑하는 남편으로부터……

말이 필요 없습니다

　　　　　　　　은행에서 은퇴한 68세 경준 씨와

　　　　　　　　그의 아내로 65세인 정옥 씨는 한

달에 두 번씩 우리나라 전국의 자연휴양림을 찾아간다. 벌써

그 운동이요, 취미를 가진 지가 5년째로 전국의 자연휴양림을

거의 다 가봤고 특히 서울의 집에서 가까운 경기도에 위치한

자연휴양림들은 여러 번 가본 곳도 많았다.

　자연휴양림 홈페이지에 회원 가입을 해두면 언제든 휴양림

속에 있는 작은 통나무집들을 예약할 수가 있어서 근처의 산을

오르고 숲을 걷거나 산책하고 늘 그곳 숲속의 집에서 1박 2일이나 2박 3일을 하는 게 패턴이었다. 주말은 젊은 사람들이 이용하게 두고 가격도 싸고 예약도 쉬운 화~목요일을 이용했다.

숲속에 있는 통나무집은 화장실과 취사도구, 이부자리까지 다 갖추고 숙박료는 3~4만 원이면 충분해서 은퇴한 부부의 살림규모에도 그리 부담스럽지는 않았다. 다행히 아직도 차를 운전할 수 있기에 주로 자가용으로 가는데 가끔은 기차나 고속버스도 이용했다. 부부는 전국의 거의 모든 공기 좋은 산에 있는 자연휴양림이란 시설이 너무 고마울 정도였다.

이젠 주변의 지인들도 두 사람의 건강 비법인 그 짧은 주중여행을 다 아는 터라 하루는 정옥 씨보다 10여 살 아래인 50대 동네 부인이 진지하게 물었다.

"언니, 휴양림은 오롯이 두 분만 가시는 거잖아요. 그렇게 1박 2일이나 2박 3일을 두 사람이 같이 계시면 무슨 대화를 하세요? 우린 아직 애들이 학교 다녀서 주말밖에 시간이 없는데도 남편이란 나랑은 그다지 할 얘깃거리가 없어요."

"그렇지, 가끔 다른 부부들이랑 같이 가는 경우도 있지만 주로 두 사람만 다니는 거지."

정옥 씨도 그렇게 대답을 해놓고 보니까 남편하고 무슨 얘기를 나누며 그 시간을 보냈는지 생각이 나질 않았다. 딱히 생각이 나질 않는 걸 보면 자연스럽게 그 시간을 보내서 대화의 부재로 인한 앙금이 없었다는 뜻이었다. 마침 그 주일엔 경기도 가평의 휴양림이 예약이 되어 있어서 정옥 씨는 그날은 대화를 찬찬히 기억해보기로 하고 길을 나섰다.

휴양림 입구 주차장에 차를 놓고 안으로 들어섰다. 입구부터 도시와는 다른 신선한 공기가 온몸을 감싸왔다. 여지껏 말이 없던 남편 경준 씨가 한마디 했다.

"좋다!"

숲길을 더 걸어 가면서 갖가지 꽃을 보다가 산행을 시작했는데 그때부터는 숲이 울창해서 하늘이 안 보일 정도였다. 경준 씨가 또 한마디를 했다.

"참 좋다!"

나무들의 정기를 받으며 정상에 올라 땀을 닦으며 경준 씨는 또 한마디 말을 했다.

"정말 좋다!"

그러면서 동의를 구하듯 정옥 씨를 바라보았다. 정옥 씨도 한마디 했다.

"그렇네요!"

신중년 요즘 세상

이 세 마디였다. 주차장 입구에서 산 정상까지 한 시간 이상을 걸으면서 부부가 나눈 대화는 "좋다. 참 좋다. 정말 좋다!" 이 세 마디였다. 정옥 씨 생각에도 참 말이 없이 정상까지 왔는데도 아무런 어색함을 느끼지 않았다.

이젠 오랜 시간이 흘러 서로 말이 필요 없는 사이였다. 상대방이 무엇을 보면 어떤 감정인지 무슨 일에 기뻐하고 슬퍼하는지 속속들이 다 아는 만큼의 시간이 흘렀다. 정옥 씨는 40년 전 결혼할 때 읽은 금언을 떠올렸다.

―결혼을 하려거든 60살이 넘어도 서로 대화를 할 수 있는 사람인지 알아보아라―

지금 정옥 씨는 말없는 이심전심의 대화가 그보다 높은 경지라고 생각했다.

나이 절감의 시간

　　김종훈 씨는 요즘 전세계를 흔들고 있는 코로나바이러스 때문에 심기가 잔뜩 불편하고 불안했다. 전염성이 강하다니 예방 차원에서 어느 정도 삶이 불편하고, 확진자와 사망자 숫자를 볼 때마다 불안한 마음이 드는 건 당연하겠지만, 68세인 김종훈 씨가 겪는 어려움은 또 달랐다.

　　처음에 받은 쇼크는 텔레비전 화면 하단에 임산부, 65세이상 고령자, 기저질환 보유자 등 고위험군은 외출을 철저히 삼

가라는 경고성 글자가 계속 나오면서부터 시작이 되었다.

김종훈 씨는 말 그대로 집콕을 하면서 하루 종일 스마트폰의 뉴스와 텔레비전의 뉴스만 쳐다보는 시간을 며칠 보냈는데 그럴수록 불안은 증폭됐다. '65세 이상이면 고령자인가? 그럼 나는 고령자인가?' 이런 생각이 떠나질 않았다.

나라에서 2년 전인 만 65세 생일 다음날부터 지하철 무임승차 카드를 주었을 때는 절감하지 못했던 감정이었다. 교통카드는 혜택을 주는 것이고, 고령자 분류는 부정적인 것이라 편의적 이기심이 작동하는 중이었다.

그럼 평소에 사람들이 이제는 100세 시대이니, 60~70대는 신중년이라는 말을 했던 건 다 한갓 포장일 뿐 엄연히 생체 나이는 고위험군에 속한단 말인가? 김종훈 씨는 평소처럼 새벽에 일어나 아침운동을 하고, 오전에 친구들과 바둑을 두거나 당구를 치고 주말에는 산행을 하는 생활을 무리 없이 해나가고 있었는데, 그럼에도 불구하고 의학적으로는 바이러스에 취약한 고위험군으로 분류되는 나이라니 왠지 맥이 빠지는 기분이었다.

게다가 부인인 민숙 씨는 웃으면서 진실을 일깨워주기까지 했다.

몸과 마음

"나는 64살이니 아직 고위험군 아니거든요. 엄연히 의학적으로 다른 카테고리에 있다니까요."

뉴스에서는 한술 더 떠서 영국에서는 70세 이상 고령층은 4개월간 집 밖으로 나오지 못하게 하는 조치를 취할지도 모른다고 하고, 이태리에서는 고령층보다는 젊은 사람을 살리는 쪽으로 치료한다는 방침이라니 코로나 사태로 나이의 경계가 확실해지는 기분이었다.

평소 주말에는 집이나 식당에서 결혼한 아들네랑 같이 식사하는 시간이 큰 즐거움이었는데, 코로나 사태로 근 한 달 이상을 만나지 못하고 지내다가 우리나라에서의 확장세가 조금 가라앉은 지난 주말에 아들네 식구를 만나게 되었다. 유치원과 어린이집 휴원으로 집에서 엄마랑 지내고 있는 손주들은 그새 볼살이 통통하게 올라서 보기 좋았다.

지방에서 직장을 다니느라 혼자 살고 있는 미혼인 딸도 모처럼 자리를 같이 했다.

"아빠, 좀 갑갑하더라도 일정 줄이고 집에 계세요. 65세 이상이라는 나이 자체가 바로 기저질환인 거예요. 나도 아빠가 그 연배의 다른 분들보다 건강하고 젊다고는 생각하지만 의학적으로 보면 아무튼 고령이라니까 조심하는 게 맞는 것 같아서

요."

뭐라고 나이 자체가 기저질환이라고? 딸의 그 말에 김종훈 씨는 뭔가에 한 대 얻어맞은 듯 얼얼했다. 게다가 손주들은 오늘따라 왜 그리 "할아버지, 할아버지"하고 부르는지 평소에 정답고 흐뭇하게 들리던 그 단어마저 노인임을 일깨워주는 것 같아 귀에 거슬렸다.

마지못해 "그래, 나야 사태가 진정될 때까지 집에 스스로 격리하고 있을 테니 밖에서 업무 보는 너희들이나 조심해라"라고 말했지만 왠지 씁쓸했다. 아무튼 빨리 지나가야 할 코로나 사태였다. 김종훈 씨의 나이 절감 시간이 이보다 더 길어지면 정말 훅하고 순식간에 나이에 사로잡힐 것 같았다.

두루마리 휴지 생각

왜 하필 화장실에서 사용하는 두루마리 휴지일까? 민자 씨는 텔레비전으로 코로나 관련 뉴스를 보다가 고개를 갸우뚱했다. 미국, 영국, 프랑스 등 소위 선진국들에서 이번 코로나 사태로 일반 국민들이 제일 먼저 한 일은 화장실용 두루마리 휴지 사기 광풍이라며 각국 마트의 텅빈 휴지 매대를 연신 보여주었다.

이 현상에 대한 이론은 분분했다. 일단은 심리적인 이유로, 불안정한 시절에 집에만 있으려니 집안에 썩지도 않으면서 부피가 큰 휴지 더미를 쌓아놓으면 무언가 준비를 해놓았다는 안정감을 준다는 설, 현대를 사는 인간으로서 최소한의 품위를 지키기 위한 물품이 바로 두루마리 휴지라는 설, 마스크와 동일한 펄프가 재료라서 생산 차질로 구입이 어려워질까 봐 그런다는 설 등 해석도 분분했다. 정답은 아무도 모르지만 그 모든 해석의 종합일 것 같았다.

민자 씨는 지방 도시에서 성장했지만, 어린 시절에 외가나 친가에 갔을 때 시골의 화장실 때문에 곤욕을 치렀던 기억과 화장실의 냄새가 아직도 생생하게 느껴져서 유쾌한 추억은 아니었다. 뒷간이라고 안채에서 멀리 떨어져 있어서 혼자 가기도 무서웠고, 불안정한 널빤지 위에 발을 걸치고 겨우 변을 보고 나면 또 까끌한 신문지 쪼가리를 접었다폈다 몇 번을 해서 좀 부드럽게 만든 뒤에 써야 했다.

지금의 우리나라 60대 이상은 다 이런 기억이 있어서 한풀이라도 하듯 자신의 집안은 물론, 전국의 도로 휴게소와 공원에 깨끗한 화장실과 하얀 두루마리 휴지를 구비하기에 이른 게 아닐까 하는 생각도 들었다.

그렇다면 우리나라만 휴지 사재기가 일어나지 않는 이유는 또 무엇일까? 거기에 관해서도 여러 가지 해석이 있었다. 집 근처에 슈퍼가 많아서 차를 타고 계획적으로 구입하러 가지 않아도 언제든 구입할 수 있기 때문이다. 배달 시스템이 잘되어 있어서다 등의 이유가 유력했다.

민자 씨는 사회적 거리 두기로 만나지 못하고 있는 친구와 전화를 하다가 우리나라는 왜 휴지 사재기가 없는 것 같으냐고 물었다.

"너 그거 모르니? 우리나라는 이사하면서 받은 휴지랑 세제를 보통 다음에 이사할 때까지 쓰잖아~ 집집마다 두루마리 휴지랑 세제는 엄청 많지 않나?"

정답이 그거였나? 정답은 아닌 듯한데 적어도 가장 피부에 와닿는 답이라 파안대소하며 맞다고 맞장구를 쳤다. 하긴 민자 씨네 집만 해도 앞으로 3~4개월은 쓸 만큼의 세제와 휴지가 쌓여있긴 했다.

미국이 난리라고 해서 미국에 이민을 간 지 40년이 된 큰언니에게도 전화를 했다. 언니는 뉴욕 근교의 주택단지에 사는데 단지 입구에 차단시설을 해놓았다고 한다. 더구나 뉴스에서 본 것처럼 웃지 못할 현실을 겪고 있었다.

"대형마트에서는 나이든 사람들이 밀려서 생필품을 사지 못할까 봐 아예 시니어 입장 시간을 저녁 6시로 정해놓고, 입구

에서 기본적으로 화장실용 휴지와 부엌용 휴지 한 박스씩 던져
준단다."

　이런 일은 처음이라 언니는 웃어야 할지 울어야 할지 모르겠
고 정말 빨리 무섭고도 종잡을 수 없는 이 상황이 종식되었으
면 좋겠다고 하면서 전화를 끊었다.

　어떤 지인이 전쟁의 반대말이 평화인줄 알았는데 '일상'이더
라고 말했다. 그랬다. 민자 씨도 두루마리 휴지가 모든 사람들
이 그냥 언제든지 살 수 있는 생필품일 뿐이던 '일상'으로 돌아
가고 싶기만 했다.

가족간 거리 두기

　　그날도 남편은 외출을 하지 않을 모양이었다. 미숙 씨는 연일 계속되는 코로나발 남편의 집콕 때문에 전신이 집에 옭아매어져 있는 듯 자유롭지가 못했다. 그나마 미숙 씨는 장을 본다며 마스크를 끼고 동네 마트라도 다녀오곤 했는데 남편은 아예 집 밖엔 온통 바이러스로 칠갑이라도 돼있는 듯 겁을 내며 집안에 똬리를 틀었다. 장기전에 대비해 거실의 탁자를 한편으로 치우고 요가매트를 깔고 아령까지 비치해 두었다.

스마트폰 유튜브, 텔레비전 뉴스, 신문 등과 벗을 삼아 잘도 지냈다. 미숙 씨는 저 소심한 사람이 젊었을 때는 활기차게 중동현장을 누비던 건설역군이었나, 이젠 자신의 기억조차 의심이 들 지경이었다. 중동건설 현장에서 일을 했기에 60살이 넘은 나이에도 조그만 건설회사에서 현장관리직으로 요즘도 일을 하는 터라 퇴직한 친구들이 부러워들 했다. 그래서 더욱 보람을 기지고 일하던 사람이 아예 현장 출근도 미루고 너무도 충실히 사회적 거리 두기를 실천했다.

미숙 씨도 다니던 스포츠센터와 노래교실도 다 문을 닫고 친구들과의 점심모임도 없는 터라 딱히 바쁘지는 않은데 점심때도 남편이 집에서 밥을 먹는 게 영 불편하고 귀찮았다.

잠깐이라도 낮에 외출을 하라고 말하면 돌아오는 건 마누라가 자신을 험지로 내몬다는 지청구뿐이었다.

"아. 사회적 거리 두기 기간인데 어딜 나가 나가긴!"

"아니 그렇다고 공기 맑은데 있는 산에 등산도 안 가요?"

"산 입구까지 당신이 태워다 줄 거야? 버스나 지하철 타야 하는데 난 싫어. 친구들도 다 안 간대. 한적한 저녁 시간에 그냥 가까운데 있는 공원이나 돌다 올 거야."

맛있는 식당에는 여전히 젊은 손님이 많아서 싫고, 손님이 없는 집은 맛이 없어서 싫다며 삼시 세끼를 집에서 먹는 터라 평소에 반찬솜씨가 좋던 미숙 씨마저 반찬 레퍼토리가 다 떨어져가고 도돌이표를 그리고 있었다.

미숙 씨는 재택근무 중인 며느리가 생각이 났다.

"아, 그럼 현우네 집에 가서 현우랑 민우랑 좀 놀아주기라도 해요. 며늘애도 집에서 회사일하랴, 어린이집이랑 유치원 안가는 두 애들 밥해 먹이고 놀아주느라 아주 힘들어 하잖아요."

"뭔 소리야? 젊은 사람하고 나이 든 사람하고 만나면 바이러스에 더 취약한 쪽은 나이 든 사람이라구. 미국에서 부활절이나 추수감사절에 전국 각지에 흩어져 살던 자식과 손주들이 오랜만에 할아버지 댁에 모여서 놀다 가고 나면 할아버지 할머니들이 원인 모를 병에 걸린다잖아. 애들이 이상한 바이러스 묻혀 오는데 지들은 아무렇지도 않지만 노인들한테는 힘든거지."

평소 퍽이나 좋아하던 손주들마저 당분간은 만나지 않는다니 대단한 자가방역 모범생이었다. 미숙 씨는 "아휴 당신이 언제부터 나랏말씀을 이리 잘 들었수?"하고 놀리면서 이리 찔러도 저리 찔러도 남편은 요지부동이었다.

드디어 사회적 거리 두기가 공식적으로 끝나고 소위 생활방역으로 전환한다는 발표가 있자 미숙 씨 남편은 그제사 안심이

신중년 요즘 세상

되는 모양이었다. 카톡으로 안부만 주고받던 친구들과 약속을 잡기 시작했고, 공사 현장에도 다시 나간다는 것이 아닌가.

미숙 씨는 그동안의 피곤이 한꺼번에 몰려오며 어깨에 힘이 빠지고 괜시리 몸살이 날 것 같았다. 그러면서 남편에게 부탁 아닌 부탁을 했다.

"여보, 이젠 제발 가족간 거리 두기 좀 하고 삽시다!"

0.7 혹은 0.8

진호 씨는 저녁밥을 기다리며 그 시간에 방영하는 농촌 탐방 텔레비전 프로그램을 즐겨보았다. 농촌 출신이라 그런지 전국의 시골 마을과 그곳 사람들이 주로 나오는 그 프로그램을 보면 왠지 마음이 푸근해졌다. 그러다가 주방에서 한참 저녁밥을 준비하는 부인 인자 씨를 화급하게 불렀다.

"여보, 지금 저기 화면에 나오는 남자분 나이가 66세라고 괄호 안에 나오는데, 그럼 나랑 동갑인데 나도 저렇게 늙어 보

여? 엄청 나이가 들어 보이는데…… 나도 모르는 사람들에게
는 저렇게 보일까?"

인자 씨는 또 저런다 싶으면서도 텔레비전 화면으로 눈길을
돌렸다.

"에휴, 저 분은 평생을 농촌에서 농사를 지으며 사셨네요. 당
연히 햇살을 많이 받으니 굵은 주름이 많아져서 나이가 더 들
어 보이는 거네요."

"그런 거지? 나는 저 정도로 늙어 보이지는 않는 거지?"

"글쎄요, 그렇다니까요."

저녁밥을 먹고 난 후, 텔레비전을 보던 진호 씨는 또 다급하
게 인자 씨를 불렀다.

"여보, 지금 저 화면에 나오는 남자 가수는 이제 원로급으로
70대인데 왜 저리 얼굴에 주름 한 줄 없이 팽팽한 거야? 뭐 성
형 다리미로 편 거야?"

"에휴, 연예인이니까 직업 정서상 그때그때 얼굴도 손을 보
면서 나오겠지요. 당신이라면 저런 초대형 고밀도 화면이 안
무섭겠어요? 연예인들 보고 얼굴 고친다고 뭐라고 할게 아니
라 화면으로 나이나 비교하고 있는 당신 태도부터 고쳐요."

진호 씨는 젊고 한창 사업에 열중할 때는 얼굴에 로션도 바

르지 않고 출근하더니 60대 중반이 되자 나이 들어 보이는 외모에 부쩍 신경을 썼다. 신경을 쓴다는 사실 자체가 나이가 들었다는 반증이기에 인자 씨는 아픈 진실(?)을 진호 씨에게 새삼 일깨워주고 싶지는 않았다. 그대신 요즘에 회자되는 꽤나 그럴싸한 나이 계산법을 들려주었다.

"당신, 요즘 나이 계산법 알아요? 요즘 나이 계산법은 본인 나이에다 0.7내지 0.8을 곱한 나이를 요즘 나이라고 해요. 그 근거가 되는 게 예전에는 인생 70살 고래희라고 70살을 천수로 쳤잖아요. 요즘은 90살부터 100살을 천수라고 하니까 0.7이나 0.8이 되는 셈법이지요. 결혼도 거기에 맞춘 듯 어느덧 20대 중반에서 30대 초중반으로 늦춰졌잖아요. 당신 나이를 그 셈법으로 계산해보면 46살과 53살 사이 정도 나오니까 옛날 나이 50살 정도로 생각하면 되겠네요."

진호 씨가 생각해봐도 어린 시절 고향에서 보았던 50살 정도의 아저씨들이 상당히 나이가 들어 보여서, 진짜 요즘 60대 중반이 주는 분위기와 비슷했다.

"그런 계산법이 있었나? 요즘 주변 친구들만 해도 다들 젊은 외모라 60대 중반을 노년이라고 부르기 뭣했는데 그 계산법이 맞겠네."

그러더니 진호 씨는 금방 젊은 기운이 충전된 듯 얼굴이 밝아졌다.

"그럼 나도 100세 시대 나이 계산법으로는 이제 막 50살 정도 된 거네. 갑자기 젊어지는 기분이네. 거기에 맞춰서 살면 훨씬 활기차겠어."

인자 씨는 남자들은 생활 속에서는 참 철딱서니가 없다는 걸, 여자보다 더 생물학적 나이에 민감해 한다는 걸, 새삼 확인하곤 속으로 웃음이 났다. 그러면서 왠지 저 철딱서니 없는 남자요, 남편에게, 한마디 해주고 싶었다.

"여보, 세월이 지난다고 모든 포도주가 다 시큼해지지는 않는대요. 맛이 깊어지는 포도주도 있잖아요. 부디 그런 포도주처럼 숙성되면서 깊어져 갑시다."

친구의 부음

고등학교 친구가 다급한 목소리로 전화를 걸어왔다. 웬만하면 문자나 카톡으로 보내는 시절에 직접 전화라니, 길게 의논할 일이 생겼나 싶었다. 그런데 친구는 충격적인 내용을 전했다. 또 다른 친구 경환이가 죽었다는 것이다.

"뭐야? 언제 교통사고를 당한 거야? 경환이는 몇 달 전에 부모님이 아파서 고향으로 내려간다고 했잖아? 고향에 잘 있는 거 아니었어?"

그게 아니고, 실은 6개월 전쯤에 폐암 진단을 받았고, 수술을 할 수 없는 말기 상태라 그냥 부모님 댁에 머물며 친구들에게도 알리지 않고 조용히 삶을 정리하고 떠났다는 것이다. 중식 씨는 도무지 믿을 수가 없었다. 이제 겨우 59세인데, 그리고 그 친구 경환이는 담배도 피우지 않는데 돌연 폐암 말기라니, 이건 말도 안 돼…… 누군가에게 마구 종주먹을 들이대거나 항의하고 싶었다. 빈소가 어디야, 빨리 문상 가야지 하는 중식 씨의 말에 친구는 한숨을 길게 쉬었다.

"더 기가 막힌 일이 있어. 코로나로 빈소도 안 차리고, 가족 이외에는 알리지도 않았대. 경환이의 뜻에 따른 거래. 화장해서 고향 선산에다 평장으로 묘를 썼대. 무슨 이런 일이 다 있냐?"

중식 씨는 갑자기 심장박동이 빨라지며, 59세가 병으로 돌연히 죽을 수도 있는 나이라는 것을 이제 정말 실감해야 했다. 작년 가을, 부인과 떨어져 혼자 살던 친구의 죽음을 직접 목격할 때만 해도 아주 특별한 예외려니 생각했다. 주변에서 또래 친구가 죽은 게 처음이라 얼떨떨하고 무언가 현실 방망이 같은 것으로 한 대 세차게 맞은 기분이었다.

그 친구는 대전 소재 모 대학 교수인 부인이 금요일에 서울로 와서 같이 지내다가 일요일 오후에 지방으로 내려가는 생활을 20년째 계속하고 있었다. 동갑인 부인이 대학교수로 정년을 할 때까지는 그런 생활을 할 요량이었고, 친구는 참으로 건강한 편이었다.

그런데 문제의 일요일 오후에 친구 부인에게서 전화가 걸려왔다. 부인은 일요일 점심까지 같이 먹고 대학교가 있는 대전으로 내려왔고, 잘 도착했다는 문자를 보냈는데, 남편이 읽지를 않았고, 전화를 해도 받지 않아서 걱정이 되니 남편이 있는 집으로 좀 가봐 달라는 것이다.

중식 씨가 사는 아파트와 친구가 사는 아파트는 큰길 하나를 사이에 두고 있어서 금방 가 보았다. 친구가 사는 현관문 앞에서 전화를 걸자, 안에서 벨소리가 들려왔는데 받는 기척이 없었다. 현관 벨을 누르고 두드려도 문은 열리지 않았다.

갑자기 소름이 돋으며 관리사무실에 연락해서 문을 강제로 열게 되었다. 친구는 소파와 탁자 사이에 쓰러져 있었다. 119가 왔지만 이미 친구는 숨을 거둔 상태였고, 사인은 심근경색이었다. 참으로 돌연하고 허망했다.

친구들은 믿을 수 없어 하며 빈소에서 허탈한 소주잔을 기울였다. 그런데 경환이 이 친구는 아무리 코로나 전쟁 중이라지만, 소주 한 잔 따르며 이별할 시간조차 주지 않고 황망히 떠나간단 말인가! 100세 시대라는데, 59세가 이런 식으로 친구들의 돌연한 죽음이 시작되는 나이인가?

　중식 씨는 "친구의 죽음은 너도 죽는다는 것을 미리 보여주는 것이다"라는 경구를 떠올리자 이번에는 머리가 멍해졌다. 그러나, 그러나……친구의 죽음을 슬퍼하는 마음 사이에 "죽음은 다른 사람에게나 있지, 내게는 없다"라는 모든 인간의 오랜 이기심이 한쪽에서 피어나는 건 또 어쩐 일인지 도무지 알 수 없었다.

겨울 나들이

진우 씨는 사방이 막혀버린 듯 답답했다. 진우 씨는 이른 나이인 50대 중반에 증권회사에서 퇴사를 하고 서울의 한 대학교 앞에서 1인 카페를 차려서 운영하고 있었다. 아내가 어린이집 영양사로 일하는 터라 생활비 걱정은 크게 없었지만, 취미로 배워둔 바리스타 자격증이 있어서 용기를 내서 테이크아웃만 전문으로 하는 비좁은 가게를 냈다.

그런데 코로나 여파로 대학교의 비대면 수업이 늘어나면서

신중년 요즘 세상

학교 앞을 오가는 학생수가 확 줄어서 장사는 1년 내내 여의치 못했다. 테이크아웃만 하는 초소형 가게라 월세가 그리 세지는 않았고, 카페 착석 금지에도 버틸 만은 했는데, 겨울방학도 시작된 터라 아예 대학교 앞은 지나가는 사람이 없다시피 한 지경이라 이참에 봄 신학기까지 가게를 쉬기로 했다.

어린이집도 휴원 상태라 졸지에 아내랑 집에서 둘이 지내게 됐는데, 처음 며칠은 텔레비전 영화도 같이 보고, 동네 산책도 하면서 오붓한 마음도 생겼는데 곧 시큰둥해져 버렸다. 코로나 상황이 심각해지면서 친구도 못 만나고 등산도 가지 못했다. 친구들이랑 서울 근교에서 3~4시간 등산을 하고 나서 산 밑의 식당에서 막걸리에 두부를 곁들여서 먹는 게 큰 즐거움인데, 같이 밥을 먹지 말라는 게 방역지침이다보니 이젠 등산도 가지 못하는 형편이었다.

아내 역시 세 끼 밥을 꼬박 해먹으며 집에 있자니 따분했는지 한 가지 제안을 해왔다.

"여보, 우리 공기도 맑고 사람도 없는 곳으로 가요."

"요즘 그런 데가 어디 있어?"

"부모님 산소요! 우리 이번 기회에 양가 부모님 산소에 다녀옵시다. 다행히 양가 부모님 계신 공원묘지가 서로 그리 멀지도 않으니까요."

그럴듯했다. 이럴 땐 아직 자가용을 가지고 있고 운전을 한다는 게 편리하긴 했다. 먼저 경기도 쪽인 진우 씨 부모님 산소가 있는 공원묘지로 차를 몰았다. 가끔 차창을 열면 들어오는 겨울바람이 차면서도 더없이 신선했다. 아내의 예상대로 한겨울의 공원묘지에는 사람이 거의 없었다.

진우 씨와 아내는 모처럼 부모님의 묘소 앞에서 발열체크와 큐알코드 체크도 없고 심지어 마스크도 벗고 크게 심호흡을 했다. 한겨울이지만 전체 묘소가 남향을 보고 앉은 공원묘지는 고즈넉하고 안온한 햇살이 따스하게 내리쬐고 있었다. 묘소를 둘러싸고 있는 소나무 군락들이 세상의 모든 소란을 차단하며 묻힌 자들에게 안식을 주고 있는 듯했다.

진우 씨는 돌아가시기 직전 대보았던 어머니의 뺨을 만지듯 부모님 무덤의 잔디를 쓸어보다가 살며시 놓았다. 아내는 보온병에서 커피를 따라서 묘소 앞에 놓고 진우 씨에게도 한 잔을 주었다. 맑은 공기 속에서, 살아 계신 듯 부모님의 훈기를 느끼며 마시는 한 잔의 뜨거운 커피는 모든 공포와 시름을 잠시나마 떨치게 해주었다.

아무튼 생은 이렇게 부모로부터 자식으로 무연히 계속된다는 엄숙한 진리 또한 뜨거운 기운으로 스며들어 왔다. 부모님의 산소가 잠시라도 휴식의 장소가 되다니 역시 죽어서도 부모는 자식을 위한 존재인가 싶었다.

"원두 커피 좋아하시던 멋쟁이 아버님 따뜻한 커피 한 잔 드십시오. 오늘 이 겨울, 세상이 참 소란스럽습니다. 그래도 아무튼 자손들은 살아갑니다. 걱정하지 마십시오……"

진우 씨는 코로나 시절이 가져다 준 의외의 외출에 다시금 살아갈 힘을 얻었다.

"자, 이제 장인 장모님이 잠들어 계신 공원묘지가 있는 춘천 쪽으로 갑시다."

밥, 빵, 떡, 면

중학교 교사인 민자 씨는 겨울방
학을 맞아 한껏 여유를 부리면서
하루를 시작했다. 대학교 졸업 이후 줄곧 계속 해온 중학교 교
사생활이지만 요즈막엔 나이가 60살을 바라봐선지 피로가 능
숙함을 앞질렀다. 다행히도 민자 씨의 딸 둘이 다 대학에 입학
한 후부터는 남편을 포함해서 가족 내에서 불문율이 생겼다.
적어도 여름방학과 겨울방학에는 엄마인 민자 씨의 취침과 기
상, 아침밥은 누구의 시간표에도 맞추지 말고 민자 씨 마음대

신중년 요즘 세상

로 하기로 말이다.

민자 씨는 가족들에게 미소를 날리며 "그럼, 이 몸은 평생 연금이 나오는 연금녀니까 상종가로 알아서들 잘 모셔야지. 방학 때는 주부 역할도 방학이니 각자도생합시다!"하고 농담을 하곤 했다. 그런데 이번 겨울방학은 쉬어도 너무 푹 쉬는 것 같았다. 방학으로 풀어진데다가 코로나로 모임과 운동이 줄어서인지 몸이 자꾸 무거워지는 듯했다.

몸이 예전 같지 않다고 느낀 민자 씨는 이제부터는 자주 병원에 갈 나이가 된 것 같아 이참에 주변의 중년 친구들이 거의 다 들었다는 실손보험을 알아보았다. 며칠 후, 보험회사에서 방문간호사를 집으로 보내 문진과 혈액검사를 해갔다. 그런데, 보험을 의뢰했던 설계사에게서 예상치 못한 결과가 돌아왔다.

"손민자 선생님, 다른 데는 다 이상이 없는데요, 피검사 결과 공복혈당이 좀 높게 나왔습니다."

민자 씨는 의아했다. 1년 전에 한 종합검진에서도 혈당은 높지 않았는데, 그사이에 혈당이 위험수치가 됐다니 말이다. 하긴 그때도 중년 부인 특유의 아랫뱃살을 좀 빼는 게 좋겠다는 경고를 듣긴 했지만 크게 문제될 건 없다고 했었다. 그런데, 이놈의 코로나 때문에 덜 움직일 수밖에 없는 환경이 돼버려 늘어난 몸무게가 배로만 몰린 것 같더니 그에 공복혈당을 높여버린 모양이다.

민자 씨는 그럼, 자신은 혈당이 높아서 실손보험에 들지 못하는 거냐고 물었다. 설계사는 "선생님, 한 6개월간 네 가지, 한 음절을 가진 음식을 좀 줄여서 먹은 후 다시 혈당을 재보도록 하지요. 아직 당뇨 구간이 아니라서 보험 가입은 되는데, 좀 납입액이 높아질 수가 있어서요."

"네 가지, 한 음절을 가진 음식이라……"

"무슨 음식이죠?"

"네, 그게, 우리 설계사들이 늘 중년 고객들에게 권유하는 문구인데요. '밥, 빵, 떡, 면'이 바로 피해야 할 네 가지 한 음절 음식이랍니다."

평소에 탄수화물 과다가 몸에 좋지 않다는 정도는 익히 알고 있는 상식이지만, 막상 '밥, 빵, 떡, 면'을 주범으로 '적시'를 받고 보니 민자 씨는 갑자기 힘이 빠졌다. 저 네 가지 주식을 빼고 식사를 한다면 먹는 즐거움이 몽땅 사라져버릴 것 같았다.

흰쌀밥 대신에 현미밥을, 달콤한 버터 식빵 대신에 거친 통곡물 빵을 먹고, 떡은 아예 먹을 생각도 말자고 할 수도 있는데, '면'이 제일 문제였다. 점심으로 집에서 느긋하게 해물칼국수와 오뎅우동을 먹지 못하는 겨울방학은 생각도 하기 싫었다. 진한 멸치 국물 맛 잔치국수도 끊어야 한단 말인가! 더 늦기 전에 실손보험에 들기 위해서?

"선생님이 그리 과체중도 아니시고 하니 이 네 가지 음식 조금만 줄이시면, 더 날씬해지시기도 하고, 혈당도 완전히 정상으로 돌아올 테니 일석이조라 권고드리는 겁니다."

민자 씨는 이성적으로는 그 보험설계사의 말에 찬성을 하고, 성격상 결국 지침을 따르겠지만 당분간 삶의 소중한 한 가지 낙이 사라져버린다는 사실에 내심 "나 이대로 살래!" 하는 반발이 만만치 않게 차올랐다.

코로나 백신과 나이

영옥 씨의 친구들이 모두 감정적으로 집단 반발과 가벼운 우울 상태에 빠졌다. 영옥 씨는 1960년 생이고 친구들도 거의 동갑으로 작년에 환갑을 지냈다. 요즘 환갑이면 청춘이라 환갑잔치는 어울리지도 않는다며 입에 올리지도 않았고 신중년이라는 새로운 세대 구분으로 마냥 젊은 나이인 듯 살아오지 않았던가.

코로나만 종식되면 히말라야 원정대라도 꾸릴 기세로 건강한 그룹이 영옥 씨 친구들이었다. 게다다 UN이 인생 100세

신중년 요즘 세상

시대를 맞아 새로 발표한 연령분류 기준표에 의하면, 18세 ~65세는 청년, 66세~79세는 중년, 80세~99세는 노년이래 서 아직 청년이구만 청년! 하고 지내왔다.

그런데 보란 듯이 의학적으로는 노령층이라고 이번에 진실 의 입이 열렸다. 바로 코로나 백신의 접종 순위 때문이었다. 아 스트라제네카 백신을 '60세 이상 고령층'부터 먼저 접종한다 는 뉴스가 나오던 날 친구들 카톡방이 불이 났다.

"영옥아, 너 뉴스 봤니? 우리더러 고령층이란다."

"고위험군, 취약층, 노령층 별 단어가 다 나오더라 기가 막혀 서……"

"그중 제일 후한 표현이 60세 이상 어르신이야."

"뉴스 기자들이 다들 젊은 사람들이니까 우리가 그렇게도 보 이겠지. 우리 어릴 때만 해도 60살 먹은 여자들은 다 머리칼 허연 할머니들이었지 뭐. 요즘이야 머리칼 검게 염색하고 빠진 이도 임플란트로 넣고 하니까 나이를 잘 모르게 되는거지. 솔직 히 우리도 몸속은 젊을 때랑 같지는 않잖아. 이젠 나이를 받아 들이고 나라에서 나이 많다고 주는 혜택이나 받아보자."

카톡방은 씁쓸하게 닫히고 영옥 씨는 60세 이상 고령층이 접종하는 6월 초에 백신 접종을 했다. 동네 내과에서 접종을 하고 집으로 돌아오는데 엘리베이터 앞에서 아파트의 같은 라인에 사는 젊은 애기 엄마와 유치원에서 하교하는 유치원생 딸을 만났다. 수년간을 같은 아파트에 사는 이웃이라 세대는 달라도 가끔 말을 하고 사는 사이였다.

"난 지금 백신 맞고 오는 길이에요. 젊은 사람들은 아직 멀었지요?"

"아, 그러세요 2~3일간은 힘들다니 집에 가서 푹 쉬세요."

그러자 엄마 손을 잡고 이 대화를 듣고 있던 똘똘한 7살 여자애가 이렇게 말했다.

"아줌마, 코로나 주사 맞으셨어요? 우리 유치원에서 선생님들도 곧 맞게 된다고 하셨어요."

순간 영옥 씨에게 '아줌마'라는 단어가 천둥처럼 내리쳤다. '응, 이 꼬마 아가씨에겐 그래도 내가 할머니가 아니고 아줌마로 보였던 말이지. 그래, 내가 비록 백신 접종 나이에선 고령층으로 분류됐지만 아직 손주도 없는데 할머니는 아니지. 순수한 애들 눈이 제일 정확하다는데, 역시 애들이 사람 볼 줄 아네……'

"응, 아줌마가 좀 전에 아파트 상가 2층에 있는 내과에서 코로나 예방주사 맞았는데 하나도 안 아프네, 고마워."

아줌마라는 단어에 힘을 주며 말하고 그 기특한 꼬마 아가씨의 머리를 쓰다듬어 주고 싶은 심정이었다.

고령 어르신으로 백신 주사를 맞으러 갈 때는 타이레놀을 미리 챙겨두면서도, 2~3일간 아프다는데 어쩌지, 백신 맞고 잘못된 사람들도 있다는데 어쩌지 하는 온갖 나쁜 뉴스에 지레 겁먹었던 영옥 씨였다.

남편에겐 2~3일간 집에서 밥을 못한다고 엄포까지 놓았다. 그런데 영옥 씨는 동네 꼬마 아가씨의 인상 착의에 의거한, 후한 여자 나이 분류 정의로 도로 아줌마가 되어 집에 돌아왔다. 영옥 씨는 주사를 맞았던 왼쪽 윗팔뚝이 진짜 전혀 아프지 않았다.

할머니 할아버지 되기

인철 씨는 집 안으로 들어서자마자 운동모자를 휙 벗고 마스크를 내린 뒤 거실벽에 붙은 큰 거울에 얼굴과 전신을 이리저리 비춰 보았다. 그러더니 고개를 갸우뚱거리면서 소파에 앉아 있는 부인 민자 씨에게 진지하게 물었다.

"당신 눈에도 내가 진짜로 할아버지로 보여?"

소파에 앉아 텔레비전 드라마와 스마트폰을 동시에 보고 있던 아내 민자 씨는 사뭇 진지한 남편의 질문에 깔린 진정한 의도를 간파하지 못하고 건성으로 대답을 하고 말았다.

"왜 누가 당신 보고 할아버지라고 해요?"

"아, 지금 막 공원에서 운동 끝내고 엘리베이터를 탔는데 엘리베이터 앞에서 대엿 정도 돼 보이는 여자애가 "할아버지 안녕하세요?"라고 인사를 하더라고. 난 처음에 내 뒤에 누가 또 서 있어서 그 사람한테 인사하는 줄 알고 뒤돌아봤는데 아무도 없었어. 게다가 그 여자애를 데리고 있는 젊은 엄마가 "인사 잘했네"라고 칭찬까지 하더라고. 그리고 같이 엘리베이터를 탔는데 그 집은 13층을 누르고 난 7층이라 먼저 내리게 됐지. 7층에서 문이 열리자 그 여자애가 또 이러는거야. "할아버지 안녕히 가세요."라고. "아주 쐐기를 박는 격이지."

민자 씨는 웃다가 핸드폰을 떨어뜨릴 뻔했다.

"원래 애들이 보는 인상이 제일 정직하다고 해요. 당신도 60세가 넘었으니 할아버지란 소리를 듣게는 됐지요."

문제는 인철 씨가 스스로를 할아버지로 규정지은 적이 없다는 데 있었다. 2년 전에 결혼한 딸이 요즘 임신 5개월 차라 할아버지라고 불리울 마음의 채비는 남몰래 하고 있지만 막상 들어보니 그야말로 현타(현실타격)가 왔다. 할아버지가 된다는 기다림이 벌써 할아버지 특유의 외모로 바뀌게 하는 촉매제 역할을 했단 말인가. 남자 나이 63세면 할아버지 소리를 들어서 마땅한 나이인가?

"어휴, 당신은 호칭과 역할은 할아버지라고 받아들이면서 낯선 사람들이 외모로 판단하는 할아버지란 규정이 싫은 거잖아요. 할아버지를 역할에 따른 호칭으로 생각하지 않고 늙음으로 인식하니까 그런건데, 누군가 그랬잖아요. 젊음이란 인생의 한 시기가 아니라 마음가짐이라고."

인철 씨는 소파에 앉아서 뭐 벌써 늙음을 받아들이는데 도가 튼 것처럼 이야기하는 민자 씨가 마음에 들지 않았다.

"그러는 당신은 왜 귀찮다면서 맨날 자라나는 흰머리 감추느라고 염색을 하고 그래? 나 할머니야 하고 당당하게 그냥 머리칼 허옇게 하고 다니지."

"같이 어울리는 친구들이 다 검은색이나 갈색으로 염색하는데 나만 흰머리로 나가면 지들이 덩달아 늙어 보인다고 하도 지청구를 줘서 염색을 하는 건데 이젠 그것도 그만 둬야겠다 싶긴 해요."

그래도 인철 씨는 굴하지 않았다.

"내가 친구들 사이에선 운동짱 몸짱이라 제일 젊어 보이는데 할아버지라니, 인정 못해."

민자 씨는 이제 남편 인철 씨가 안타깝다 못해 귀여울 지경
이었다.

"그럼 당신, 5개월 후에 손자가 태어났을 때 그 애를 보며 뭐
라고 호칭할 거예요? 애기 보고 나, 김인철이야! 이렇게 말해
요? 애기한테 스스로를 호칭할 때, 나 할아버지야!라고 말할
수밖에 다른 호칭이 없어요. 걍 인정하고, 이제 젊어 보이려고
너무 애쓰지 말고 건강하게 살면서 든든하고 멋진 할아버지 할
머니가 될 궁리나 합시다."

인철 씨도 아내의 말에 동감과 공감을 하면서도 아직은 할아
버지라는 단어의 무게를 다 받아들이지 않고 싶었다.

"그땐 그때구 난 아직은 인정 못해. 할아버지!"

신중년 요즘 세상

1쇄 발행일 | 2022년 10월 05일
2쇄 발행일 | 2023년 06월 15일

지은이 | 오은주
펴낸이 | 정화숙
펴낸곳 | 개미

출판등록 | 제313 - 2001 - 61호 1992. 2. 18
주소 | (04175) 서울시 마포구 마포대로 12, B-103호(마포동, 한신빌딩)
전화 | (02)704 - 2546
팩스 | (02)714 - 2365
E-mail | lily12140@hanmail.net

ⓒ 오은주, 2022
ISBN 979 - 11 - 90168 - 49 - 6 03810

값 15,000원